Maria San

Die Leiden der Anna W.

Eine packende Geschichte über Mietwohnungen,
Immobilienmakler, Tücken des Wohnungseigentums
und eine selbstherrliche, inkompetente Hausverwaltung

Erste Auflage 2016
© Maria San
Alle Rechte vorbehalten.
Herstellung: BoD - Books on Demand, Norderstedt
Umschlag: Maria San
ISBN 978-3-74-12-9722-9

Inhaltsverzeichnis

1 Meine Mietwohnung 1
2 Die Immobiliensuche 10
3 Mein Wohnungseigentum 21
4 Die defekte Heizungsanlage 29
5 Der Verwalter 34
6 Meine erste Eigentümerversammlung 50
7 Die Verleumdung 56
8 Die Kontaktaufnahme 66
9 Mein Mitstreiter 71
10 Die Weichenstellung 85
11 Der Start der Prozeßlawine 90
12 Der Polizeieinsatz 99
13 Die zerstrittene Gemeinschaft 108
14 Die Notmaßnahme 112
15 Die Vergitterung 121
16 Der Übergriff 126
17 Die Ruhe vor dem Sturm 131
18 Die Wiederwahl 136
19 Gewonnen oder verloren? 141

1 Meine Mietwohnung

»Wie gefällt sie Ihnen?«

»Sehr gut.«

»Sie haben einen guten Geschmack.«

»Ich weiß.«

»Zum Schluß der Besichtigung möchte ich Sie auf Folgendes hinweisen, liebe Frau Winter.«

»Ja?«

»Sie würden das Dachgeschoß ganz alleine bewohnen. In den unteren Stockwerken befinden sich nur Büros.«

»Aber Sie erwähnten doch, daß nebenan noch eine Wohnung sei?«

»Stimmt! Nur – das angrenzende Appartement wird höchstens zweimal pro Jahr vom Cousin des Vermieters genutzt. Er wohnt in Wien.«

»Wirklich?«

»Versprochen!«

Aufmerksam sah ich mich um. Die Wohnung war exquisit, und Nachbarn wären auch nicht permanent anwesend. Hier könnte ich ungestört leben, Freunde einladen und auch einmal die Musik lauter drehen. Einfach perfekt!

Unbeteiligt schlenderte ich im Wohnzimmer umher und blickte zum Makler hinüber. Er wich meinem Blick aus und meinte: »Die Trennwände sind hervorragend schallisoliert. Vom Cousin werden Sie nichts mitbekommen!« Ich runzelte die Stirn und dachte an die achtundneunzig Betonstufen, die ich hier täglich hinaufsteigen müßte. Als hätte er meine Gedanken gelesen, antwortete er schnell: »Übrigens, der Vermieter plant, einen Glasaufzug in den Altbau einzubauen!« Er ließ seine Worte nachhallen. *Glasaufzug! Die oder keine!* Diese

Altbauvilla mit ihrer Maisonette-Wohnung hatte mich nun restlos überzeugt! Ich ging auf den Immobilienmakler zu. Kurz vor ihm blieb ich stehen und hielt ihm meine Selbstauskunft entgegen. Seine Augenbraue zuckte. Sein Atem roch nach einem Gemisch aus Zigarettenrauch und Kaffee. Hastig nestelte er in seiner Tasche und übergab mir den Mietvertrag. Ich warf einen prüfenden Blick darauf und unterschrieb ihn zügig.

Ich weiß, im Nachhinein weiß man immer alles besser – aber vielleicht hätte mich das spöttische Lächeln des Maklers damals stutzig machen sollen?

Fünf Monate später

Mir war kalt. Ich starrte ins Dunkle. Nur langsam nahmen die Umrisse Gestalt an. Unscharf zeichnete sich der Ventilator unter der Decke ab. Meine Finger tasteten nach der Daunendecke, die halb auf dem Holzfußboden lag, und ich zog sie bis zum Hals. Die ausgekühlten Arme verschwanden neben meinem Körper.

So verharrte ich minutenlang. Leise sank mein Kopf zur Seite, und mein Blick kroch durch den dämmrigen Raum, bis er an der Querwand der angrenzenden Nachbarwohnung hängenblieb. *Ich hasse es! Ich hasse ihn, wer immer das auch ist!* Ich ballte die Fäuste. Nahezu jede Nacht raubte er mir den Schlaf mit seinem Schnarchen und dem knarrenden Bettgestell. Es mußte direkt an der Trennwand meines Schlafzimmers stehen – dabei wohnte nebenan eine blutjunge Studentin! Nur widerwillig erinnerte ich mich an diesen elenden Samstagnachmittag, als sie vor meiner Wohnungstür auftauchte.

Fasziniert blätterte ich im Reisemagazin und bestaunte die Hochglanzbilder über die Normandie. *Das wird mein nächstes Urlaubsziel*, freute ich mich und nippte an meinem Kaffee, als die Türklingel der Dachgeschoßwohnung mich hochschrecken ließ. *Hm? Hat sich niemand angemeldet?* dachte ich und schaute auf. Schon flatterte die Zeitung auf den Couchtisch. Ich rutschte aus der Sofanische. Blut strömte in die abgeschnürten Venen, was sofort zu einem unangenehmen Kribbeln in den Füßen führte. Humpelnd ging ich die Wendeltreppe hinab. Auf dem Weg zur Tür zog ich die verrutschte Jogginghose zurecht und griff zum Hörer der Kamera-Sprechanlage »Ja, bitte?« raunte ich in die Muschel und fixierte den Monitor. Vor dem Hauseingang, der sich fünf Stockwerke unter mir befand, war kein Besucher zu sehen. »Hallo, ist da jemand?« rief ich erneut und fixierte das menschenleere Kamerabild. *Komisch!* Schulterzuckend legte ich den Hörer zurück, beugte mich vor und linste durch den Türspion. Vor mir tauchte ein blasses Gesicht auf. *Wer ist das denn? Vor allem, wie kommt die denn hier rauf?* grübelte ich. Zögerlich öffnete ich die massive Holztür und schielte durch den Spalt. Vor mir stand eine junge Frau mit schmalen Schultern. »Sie wünschen?« fragte ich und begutachtete sie von oben bis unten.

»Äh, guten Tag. Ich bin die neue Mieterin«, schwäbelte sie und senkte ihre Augen. Das saß! Mit diesem knappen Satz erwischte sie mich eiskalt. Damit hatte ich nicht gerechnet! *Beim Besichtigungstermin hatte mir der Makler doch ausdrücklich versichert, daß die angrenzende Nachbarwohnung nicht vermietet würde. Verdammt!* Die farblose Person stand verloren auf meiner Fußmatte. »Ach, bitte kommen Sie doch rein …«, preßte ich aus meinem staubtrockenen Mund und öffnete die Tür. Doch sie wich zurück und äugte mich unter ihrem strohblonden Pony an: »Oh, hab' keine Zeit … lerne für eine Psychologie-Prüfung …« Plötzlich kreiste sie um ihre eigene Achse und verschwand in der Nachbarwohnung.

Verdattert blickte ich ihr nach, schloß meine Tür und stand nachdenklich im kühlen Flur. Sie mußte während meines Wochenend-Trips nach München eingezogen sein, überlegte ich – und NEIN! Sie dürfte gar nicht hier sein, daß hatte mir der Makler doch versprochen!

Nur mühsam freundete ich mich mit dem Gedanken an, eine Nachbarin zu haben, mit der ich nun das Dachgeschoß teilen mußte: Exklusivität adé. Während ich mich noch maßlos über den unsoliden Makler aufregte, folgte kurz darauf die nächste Ernüchterung: der Makler hatte mich nicht nur wegen des Cousins getäuscht, sondern auch wegen der Wanddämmung – es gab keine!

Bereits morgens klapperte das Kaffeegeschirr zu mir herüber, genauso wie der dröhnende Staubsauger und der Fernseher am Abend. Stückweise löste sich mein Wohntraum in dieser Gründerzeitvilla im Zentrum Frankfurts in Luft auf. Dieses »Ich-wohne-nebenan-Geklapper« bohrte sich in mich hinein, und je mehr ich mich auf diese Geräusche konzentrierte, desto unerträglicher wurde es.

Am liebsten hätte ich an ihrer Tür geklingelt und ihr entgegengeschrien, sich leiser zu bewegen. Verrückt, oder? Und um diesen Drang zu unterdrücken, begann ich mit Yogaübungen. Ich! Vor einiger Zeit wäre dies ein No-Go gewesen, doch merkwürdigerweise beruhigten mich die Übungen zum »auf- und abwärts blickenden Hund«, und ich lernte, einigermaßen mit der Situation umzugehen.

Bis zu diesem Donnerstag, der alles verändern sollte – und ich wußte, hier halfen keine Atemübungen mehr, meine »Worst-Case-Mietsituation« war eingetreten: Klaviertöne hallten zu mir herüber! Irgend jemand mußte dieses Ding achtundneunzig Stufen hinauf in ihre Wohnung geschleppt haben, wahrscheinlich, als ich auf der Arbeit war. Wie dem auch sei: ich hatte eine musizierende Nachbarin!

Vielleicht hätten mich harmonisch gespielte Melodien milde gestimmt. Vielleicht! Jedoch kein stümperhaftes Anfängergeklimper. Ich hetzte durch die Wohnung und überlegte, wie ich sie stoppen könnte, und recherchierte im Internet. Es war ernüchternd. Es gab kaum rechtliche Möglichkeiten dagegen vorzugehen, denn sie spielte (ha!) immer innerhalb der erlaubten Zeit des Hausmusizierens. Doch das Unerträglichste war, daß die Pappwände Töne durchließen, als würde das Klavier direkt in meinem Wohnzimmer stehen! Es quälte und zehrte mich innerlich aus.

Natürlich war mir klar, daß die Kleine unschuldig war an diesem Dilemma, und ich stellte mir häufig die Frage: Hört sie mich ebenfalls, oder ist es ihr einfach egal? Jedenfalls annektierten die Klaviertöne meine Wohnung und verdrängten mich aus meinem wohligen Heim. Unfreiwillig lebte ich in einer Wohngemeinschaft mit wildfremden Menschen – einer klavierspielenden Studentin und seit knapp zwei Monaten mit einem »Schnarcher«, den ich bis heute nicht zu Gesicht bekommen habe. Ein weiterer Name stand auch nicht auf dem Klingelschild oder am Briefkasten. Eigentlich hatte ich es dieser unscheinbaren Person gar nicht zugetraut, doch ich tippte auf einen »illegalen Untermieter«, denn täglich hörte ich, wie er spätabends in ihre Wohnung huschte.

Langsam schüttelte ich die Gedanken an meine lärmenden Nachbarn ab, drehte mich auf die Seite und zerrte die Bettdecke über die Schultern. Ich starrte auf die Schlafzimmerwand. Das Schnarchen war mittlerweile einem Glucksen gewichen. An die Wand zu hämmern war zwecklos, denn sein Geröchel würde ohnehin kurz darauf wieder einsetzen. Ich schlug die Daunendecke zurück und setzte mich auf die Bettkante. Im Dunklen tasteten meine Füße nach den Hausschuhen, und mein Kopf sank zwischen die Hände. *Makler und Vermieter haben mich belogen und um mein exklusives Heim BETROGEN!* Regungslos starrte ich ins Dunkle. *Du mußt endlich etwas tun*, rebellierte es leise in mir, und für mich gab es nur zwei Alternativen.

Erstens: Schallisolierung einfordern! Dies würde den Nachbarlärm zwar mildern, jedoch das Geklimper nicht abstellen. Außerdem hatte ich keine Lust auf Diskussionen mit meinem unangenehmen Vermieter. Oder zweitens: ausziehen! Dann stellte sich die Frage: Mieten oder kaufen?

Zur Miete wohnen war durchaus vorteilhaft. Man war flexibel! Lärmende Nachbarn oder neuer Job – kein Problem. Einzug, und dann ein schneller Auszug. Das war anstrengend, wegen des Umzugs und der Kosten, aber durchaus machbar. Doch ich wollte seßhaft werden, und dies sprach eindeutig für etwas »Eigenes«. Ebenso waren Wertsteigerungen innerhalb dieser Zeit möglich. *Also warum sollte ich nicht meine eigene Wohnung abbezahlen anstatt die eines anderen?* Andererseits war Eigentum eine Fußfessel. Ein frühzeitiger Verkauf bedeutete, Spekulationssteuer zahlen zu müssen. *Nicht mein Ziel.* Oder ich könnte die Wohnung vermieten. *Nein, auch keine favorisierte Variante. Man weiß nie, wen man als Mieter bekommt!* Spontan fielen mir Mietnomaden und Messies ein. Ich streckte meine Beine aus und stützte mich rücklings auf dem Bett ab. Meine Gedanken strandeten bei meinen engsten Freunden Susi, Justus und Tom. Den schlaksigen Tom kannte ich schon, seit ich fünf Jahre alt war.

In zig Gesprächen überschüttete ich sie förmlich mit meinen Geschichten über dröhnende Toilettenspülungen und stümperhaftem Klavierspiel, allerdings bemerkte ich in letzter Zeit eine unterschwellige Ungeduld. Ja, sie wollten, daß ich mich entscheide, und ich musste zugeben – mit sehr guten Argumenten: »Anna, kauf dir deine eigenen vier Wände, dann hast du volle Gestaltungsfreiheiten. Du bekommst keine Mieterhöhung mehr, hast Mitspracherecht – und das Beste ist: du kannst dich, gemeinsam mit der Hausverwaltung, besser gegen lärmende Nachbarn wehren …« Dann ergötzten sie sich an dem jährlich steigenden Wert ihrer Objekte und schwärmten über ihre ach so tolle Altersvorsorge. Anschließend schauten sie mich mitleidig an: »Warum hast du immer noch keine?«

Im Halbdunkel sah ich ihre Blicke deutlich vor mir. Vielleicht hatten sie recht! Worauf sollte ich warten? *Ich bin knapp vierzig Jahre alt und Single!* Mein Oberkörper streckte sich. *Ja! Ich werde Wohnungseigentümerin! Ich will meine Ruhe und meine Altersvorsorge. Genau wie die anderen. Basta.*

Lieber Leser! Hätte ich zu diesem Zeitpunkt auch nur annähernd geahnt, was da auf mich zukam, wäre ich in einer Mietwohnung alt geworden! Denn nach dem Wohnungskauf kannte ich die ungeschminkte Wahrheit: Besitz bringt nicht automatisch Gestaltungsfreiheit, Mitspracherecht oder Wertsteigerung mit sich, sondern es gibt eine andere, äußerst unbequeme Seite der Medaille: Engagement! Ja, Wohnungseigentum fordert Engagement, um das zu erreichen. Dies hatten meine Freunde mit keiner Silbe erwähnt … oder freundlicherweise verschwiegen!

Es bedeutete, kostbare Freizeit in zeitraubenden Versammlungen abzusitzen, die überwiegend Freitag abends stattfinden, als hätte man da nichts Besseres zu tun.

Es bedeutete, Eigentümer von Sanierungsmaßnahmen zu überzeugen, um Sanierungsstaus zu verhindern.

Es bedeutete auch, sich den Mehrheitsverhältnissen zu beugen, genaugenommen einer dominanten Eigentümergruppe, die IMMER ihre Interessen durchsetzt. Somit verschwand mir nichts, dir nichts mein Wunsch nach einem zwei Meter zwanzig tiefen Balkon, denn diesen lehnte die Mehrheit aus Kostengründen ab!

Ebenso unangenehm waren die Parteien, die sich nicht an die »Gemeinschaftsordnung« hielten. Gerne beschlagnahmten sie den Flurbereich vor ihrer Wohnungstür, als gehörte er dazu. Tat er nicht – der Flur war Gemeinschaftseigentum! Sie blockierten ihn mit Kinderwagen, Turnschuhen, Schuhregalen oder Putzzeug. Würden sie nicht aufgehalten, verselbständigte sich diese Unart wie ein Krebsgeschwür im Haus. Schnell könnte es sich ausdehnen auf stinkende Mülltüten, die einfach neben dem Müllcontainer abgestellt werden, weil es ja bequemer ist, oder auf Graffiti im Hausflur oder im Aufzug, und schon schlitterte man einem (Wert-)Verfall des Hauses entgegen, mitsamt der eigenen Wohnung.

Gestatten Sie mir an dieser Stelle, auf die »Grundsätze des Zusammenlebens in einer Eigentümergemeinschaft« einzugehen. Bei diesen Grundsätzen handelt es sich um die Teilungserklärung, die Gemeinschafts- und die Hausordnung, und diese drei, die leider die wenigsten Wohnungsbesitzer kennen, sind Bestandteil des Kaufvertrages! Die »Teilungserklärung« regelt, was wem in einer Wohnanlage gehört. In der »Gemeinschaftsordnung« werden die Eigentumsarten und die damit verbundenen Nutzungsrechte, wie Gemeinschaftseigentum oder Sondernutzung, und die dazugehörigen Zahlungsverpflichtungen geregelt. Auch die Regelung und die Verteilung gemeinsamer Kosten, wie Hausmeister, Müllentsorgung oder die Gartenpflege, sind Teil der »Gemeinschaftsordnung«. Die »Hausordnung« gibt den täglichen Umgang mit den anderen

Parteien im Haus vor. Dazu gehören beispielsweise das Einhalten von Ruhezeiten oder das Parken im Innenhof.

Genaugenommen handelt es sich um einfache Regeln, und würde jeder Eigentümer sich daran halten, ließe sich so mancher Nachbarschaftsstreit vermeiden! Exkurs beendet.

Und nun – zur Hausverwaltung: die Herrin über alles! Sie muß man im Auge behalten. Ihre Bedeutung hatte ich anfangs unterschätzt, doch sie übernimmt eine Schlüsselrolle: Sie entscheidet, ob ordnungsgemäß verwaltet wird. Sie entscheidet, ob sie für ihre eigenen Interessen oder im Sinne der Eigentümer arbeitet. Sie entscheidet, ob die Gemeinschaftsgelder ertragssteigernd angelegt werden oder nicht. Sie ist die Treuhänderin des Vermögens. Nicht selten verschwinden Verwalter mit den Geldern abgeräumter Rücklagenkonten einer Gemeinschaft – und dies geschieht häufiger, als man denkt! Und diese Machtzentrale sollte mit Wucht in mein Leben treten. Doch dazu, liebe Leser, komme ich später. Zunächst mußte ich das Objekt der Begierde erst einmal finden. Auch ein Kapitel für sich. Daher Schritt für Schritt.

2 Die Immobiliensuche

Ich linste zum Wecker, der 06:43 zeigte, und kroch unter der Bettdecke hervor. »Wohnungseigentum«, murmelte ich gedankenverloren und verließ gähnend mein Schlafzimmer, stieg die Wendeltreppe hinauf ins Wohnzimmer, und mit einer Rechtsdrehung stand ich in der Küche. Geübt griff ich nach dem Kaffeepulver im Schrank, und bald krächzte die Maschine los. In der hintersten Ecke des Brotkorbs fingerte ich nach einem Brötchen. *Hm! Hätte gestern doch noch einkaufen gehen sollen ...* Umständlich versuchte ich, es mit dem Messer aufzuschneiden, wobei die Krümel sich weit über die Arbeitsplatte verteilten. Im Kühlschrank schimmerten zwei Scheiben Gouda aus einer verbeulten Folie hervor, daneben lag ein Rest Leberwurst. Ein Piccolo stand verloren im Fach. Das war's! Mit knurrendem Magen fingerte ich nach einer Käsescheibe, quetschte sie in den Brötchenspalt und biß hinein. Mühsam kaute ich, um den Bissen weich zu bekommen, setzte mich an den Tisch und fuhr den Laptop hoch. *Eigentum, ich komme!* grinste ich und öffnete ein Immobilienportal. Hier suchte ich nach Anzeigen mit mindestens achtzig Quadratmetern Wohnfläche. Alles andere, was nicht in mein streng limitiertes Budget paßte, fiel raus – somit auch Neubauwohnungen.

In den nächsten Monaten durchforstete ich intensiv die Portale und war überrascht, wieviele Inserate in mein Suchraster paßten. Alles traumhafte Kostbarkeiten – bis ich einen Besichtigungstermin hatte.

Mama Mia! Was ist das denn? Mit eingefrorenen Schultern stand ich in der Wohnung, die der Makler in seinem Angebot in den schillerndsten Farben und Tönen angepriesen hatte. Der angeblich neuwertige Teppichboden war übersät mit verkrusteten Flecken, so riesig wie Seenlandschaften, wobei ich partout nicht wissen wollte, was da so hartnäckig klebte!

In den Badezimmerecken krabbelte Schmieriges. Angewidert floh ich in die Küche, wo mich Schimmelflecken an der Decke wie graugrüne Wassergemälde erwarteten.

Kurz darauf stand ich unter einer nikotingeschwängerten Deckenvertäfelung im Wohnzimmer, die der Makler gleich vorsorglich verschwiegen hatte. *Hallo? Und wo bitte sollen hier fünfundachtzig Quadratmeter sein? Unverschämt!* Für diesen Renovierungsschrott riefen sie Wahnsinnspreise aus. Sie, das waren die Verkäufer, die sich an den rasant steigenden Preisen ergötzten, denn Frankfurt am Main zählt zu den Top Ten der teuersten Immobilienstädte Deutschlands.

Nach und nach reifte eine bittere Erkenntnis in mir. Es würde ein langer Weg werden, das Passende zu finden. Aber mein Entschluß stand fest. Ich wollte meine Eigentumswohnung. Basta!

Schleppend zogen die Jahreszeiten an mir vorüber. *Schon wieder ein Jahr rum!* dachte ich, denn bis dahin hatte ich kein brauchbares Kaufobjekt im Internet gefunden. Um halbwegs mit der ungeliebten Situation zurechtzukommen, hatte ich dem Vermieter eine Mietkürzung abgerungen, parallel dazu ein Stillhalteabkommen mit der Schwäbin, denn sie hatte mein deutlich formuliertes »Einschreiben mit Rückschein« durchaus verstanden! Dennoch – diese schalen Kompromisse reichten nicht aus, um mich zu besänftigen, und der Wunsch, endlich auszuziehen stieg ins Unermeßliche!

Versunken starrte ich in das kreiselnde Schwarz und stocherte mit dem Löffel in der Kaffeetasse herum. Mittlerweile war ich überhaupt nicht mehr überzeugt, eine bezahlbare Wohnung zu finden. Ich war kurz davor, alles hinzuwerfen, mich einfach der elenden Wohnsituation hinzugeben oder in eine andere Mietwohnung zu ziehen. Nebenan schepperte Geschirr. *Oh, die schon wieder!* dachte ich und schnappte mir den Laptop.

Herd, Spülmaschine und Küchenschränke preßten sich um den schmalen Tisch. Lustlos klickte ich auf die verführerischen Annoncen, die einen so in die Irre führen konnten. *Klack!* Das Inserat öffnete sich, und ich überflog die Objektbeschreibung. Langsam beugte ich mich vor und sog die Bilder förmlich in mich auf. *Das könnte sie sein!* Ein erschwingliches Objekt mit knapp fünfundachtzig Quadratmetern im oberen Stockwerk eines kleinen Hochhauses in Frankfurt-Niederrad. *Schon wieder ein Maklerangebot.* Mein aufsteigendes Hochgefühl war schlagartig verschwunden.

Wie Sie wissen, war dieser Berufsstand für mich indiskutabel, um nicht zu sagen überflüssig wie ein Kropf! Der letzte hatte mich getäuscht, der Rest peppte unattraktive Behausungen auf und verlangte viel Geld für spärliche Leistung: Bilder ins Internet stellen, Interessenten durchschleusen, Maklergebühr abkassieren – zack! Bis zu sechs Prozent auf den Kaufpreis! Nein, ich brauchte sie nicht. Nur – man kam an ihnen nicht vorbei, und diese Kröte mußte ich schlucken. *Also Mund auf und rein damit.* Griesgrämig fingerte ich nach dem Handy, tippte die Nummer ein und lauschte.

»Hallo …? Hallo …?« fragte ich abwartend. Jemand räusperte sich auf der anderen Seite.

»Oh. Guten Morgen. Sie sind früh dran!« Eine Männerstimme. Es klang, als hätte er sich verschluckt.

»… bin ich richtig bei der Agentur Köhler?«

»Entschuldigung. Ja, hier ist die Agentur Köhler. Sie sprechen mit Herrn Peters. Wie kann ich Ihnen weiterhelfen?« Seine Stimme war ein Krächzen.

»Guten Tag, mein Name ist Winter. Sie inserieren eine Wohnung in Niederrad. Ist die noch zu haben?« säuselte ich routinemäßig diesen Starter-Satz. *Oh, wie mir das zuwider ist!*

»In Niederrad? Einen Moment, bitte.« Gefällig rauschte mir eine Pausenmusik ins Ohr ... *like a moonlight shadow* ... »Hallo?« *Schon wieder weg?*

Wartend kaute ich auf meinem Bleistift. Nein, ich war keinesfalls zuversichtlich. Angebote in dieser Qualität und zu dem Preis waren bereits verkauft oder reserviert ... *Like a moonlight ...*, summte ich, als die Musik schlagartig abbrach. Es knackte. »... da ist sie. Das Mehrfamilienhaus, oder?« vergewisserte er sich mit klarer Stimme. Anscheinend hatte er die Zeit genutzt, um sich auszuhüsteln.

»Wieso Mehrfamilienhaus. Hier steht doch Hochhaus, oder ist das ein anderes Angebot?«

»Nein, nein. Es ist das, was Sie meinen. Aber es ist kein typisches Hochhaus.«

»Was meinen Sie?«

»Na, gemäß der hessischen Bauordnung könnte es unter die Kategorie eines Mehrfamilienhauses fallen. Könnte! Aber da es dreißig Zentimeter über dem definierten Standard liegt, ist es ein Hochhaus – ein kleines.

»Aha!«

»Und – sind Sie noch interessiert?«

»Sicher. Aber nur, wenn der Rest stimmt, den sie inseriert haben.« Der Stift wippte zwischen meinen Fingern und klackte auf den Glastisch. *Makler!* dachte ich und verdrehte die Augen.

»Dieses Exposé habe ich erst vor zehn Minuten eingestellt!«

»Und ... ist die Wohnung noch zu haben?« Mein Herz schlug schneller.

»Natürlich.«

»Super. Wann könnte ich sie besichtigen?« Ich witterte eine Chance!

»Wenn Sie möchten, gleich heute Abend. Achtzehn Uhr?

»Ja, gerne.«

»Dann geben Sie mir bitte Ihre E-Mail-Adresse, dann schicke ich Ihnen das komplette Angebot zu.«

»Sehr schön!« Ich gab ihm meinen privaten Account und sicherheitshalber den des Büros. »Ach, bevor ich's vergesse: Kommen noch andere Interessenten? Sie wissen schon, so eine Art Völkerwanderung?«

»Nein, ausgeschlossen. So eine Firmenphilosophie lehnen wir strikt ab. Bei Wohnungsverkäufen vermitteln wir nur Einzeltermine!« Er wirkte pikiert.

»Sehr schön. Dann bis heute Abend.«

Mein Handy rutschte über den Glastisch. War ja ganz erquicklich, der Kleine. Ist womöglich doch was dran an dem »Der-frühe-Vogel-fängt-den-Wurm«? Die Chancen standen gut, bei den ersten Interessenten dabei zu sein. *Mein Gott! Wenn das Exposé hält, was es verspricht ...*

Leichtfüßig rutschte ich vom Küchenstuhl, schnappte nach der Aktentasche und steckte das Handy in die Seitentasche. Im Flur griff ich nach meinen beigefarbenen Sommermantel und verließ die Siebzig-Quadratmeter-Wohnung. Ich sah zur Zwillingswohnung hinüber ... *like a moonlight shadow ...*

Die Besichtigung

Der Arbeitstag flog an mir vorbei. Konzentriert bearbeitete ich die Excel-Liste, bis mein Blick an der PC-Uhr hängenblieb. *Oh. Bald ist der Besichtigungstermin.* Zügig addierte ich die restlichen Zahlenkolonnen. Trotz des interessanten Objekts war ich unaufgeregt, denn in den vergangenen Monaten waren zu viele Wohnträume zerplatzt – nur eines hatte sich tief eingebrannt: Standort, Standort und nochmals Standort! Und den wollte ich vorab erkunden, denn die schönste Behausung ist nichts wert, wenn die Lage nicht attraktiv ist – nur so ist eine Wertsteigerung möglich. Glauben Sie mir, in »Hintertupfing« hätten Sie kaum eine Chance! Riskant waren auch die Flugrouten von Flughäfen. Schneller als gedacht konnten Objekte über Nacht zu schwer verkäuflichen Behausungen mutieren. Wer wollte in einer Einflugschneise wohnen?

Und noch ein Hinweis: Seien Sie achtsam bei Neubaugebieten. Als Käufer wissen Sie nie genau, welche Pläne der Bauträger verfolgt – und schon könnte die ursprünglich freie Sicht auf den »Taunus« durch meterhohe Mehrfamilienhäuser verbaut werden, und Ihr teuer erstandenes Neubauobjekt verliert mehrere Zehntausende Euros an Wert – innerhalb kürzester Zeit! Das Gleiche gilt bei schlampiger Bauausführung.

Okay, ich muß mich leicht korrigieren: Selbstverständlich ist der Standort extrem entscheidend, doch später stieß ich auf die harten Kriterien des Immobilienkaufs, speziell bei Gebrauchtwohnungen, nämlich: Bausubstanz, Jahresabrechnungen, Wirtschaftspläne und Eigentümerprotokolle. Das, liebe Leser, sind die heimlichen Stars! Sollten Sie *vor* Ihrem Kauf hier Informationslücken haben, könnten Sie *nach* Ihrem Kauf eine böse Überraschung erleben, insbesondere bei einem zu knapp bemessenem Bankkredit. Sie wissen nicht, wovon ich rede? Dann stellen Sie sich bitte Folgendes vor: Sie haben eine Wohnung in einem Vier-Parteien-Mehrfamilienhaus gekauft. Bei ihrer ersten Versammlung beschließt die Gemeinschaft, eine Dachsanierung über achtzigtausend Euro durchzuführen. Wie sich herausstellt, ist der Rücklagentopf nahezu aufgebraucht, und eine Sonderumlage wird erforderlich. Auf Sie kommen Kosten von über zwanzigtausend Euro zu. Das haben Sie bei der Finanzierung Ihrer Wohnung nicht berücksichtigt? Konnten Sie auch nicht, denn auf das marode Dach hatten Sie weder der Makler noch der Verkäufer hingewiesen, nicht wahr? Deshalb: Lassen Sie sich vor Ihrem Kauf möglichst alle Versammlungsprotokolle vorlegen, denn hier finden Sie beispielsweise Hinweise auf Sanierungsstaus. Dann studieren Sie die Jahresabrechnungen. Dort finden Sie Informationen über alle (Bank-)Konten und Kassen der Wohnungseigentümergemeinschaft, Wirtschaftspläne informieren über die Höhe des Hausgeldes. Ach ja, dann achten Sie im Kaufvertrag auf die Formulierung des Absatzes »Sachmängelhaftung/Gewährleistung«, um gegebenenfalls, bei später auftauchenden Mängeln, den Verkäufer haftbar machen zu können – ich könnte unendlich weiter ausführen, doch zurück zum Standortcheck.

Ich fuhr den Rechner herunter und nahm einen Schluck aus dem bauchigen Wasserglas – *widerlich warm!* – und stellte es auf dem Schreibtisch ab, schnappte nach der Aktentasche, wie hundertmal zuvor, und verließ das Büro. Beim Hinausgehen federte mein Schritt über den dunkelroten Flurteppich. Ich steckte meinen Kopf ins Zimmer meiner Kollegin: »Hi, Elli, ich bin weg. Drück mir die Daumen.«

»Klar. Bis morgen. Viel Glück!«

Es war unschön, den zwei Jahre alten Wagen durch den Feierabendverkehr von der »Alten Oper« nach Niederrad zu manövrieren. Das Nadelöhr, die Kennedybrücke, war winzig und ließ die Blechlawine sich nur zäh vorwärts schieben. Eine Geduldsprobe.

Im Außenspiegel des Wagens erblickte ich die glänzende Fassade der Hochhäuser. Ich schaute zum Main hinüber und sah Binnenschiffe schwer beladen mainaufwärts fahren. *Ja,*

Frankfurt ist meine Stadt! freute ich mich still und steckte mir eine Zigarette an. *Hupen macht's auch nicht besser, mein Lieber!* Ich winkte dem Drängler gemächlich zu. Glücklicherweise hatte ich mich frühzeitig auf den Weg gemacht. Standortcheck – das war für mich ein MUSS. Es bedeutete, das Umfeld des Objekts zu erkunden: erst weitläufig – und dann sukzessive den Radius verkleinern.

An der nächsten Ampel bog ich rechts ab. Endlich ließ ich die Autokolonne hinter mir und gab Gas. *So, diese Straße noch … ab jetzt geht's los!* Ich sah in den Rückspiegel. Niemand fuhr hinter mir, und ich bremste den Wagen sanft ab, bis er fast im Schritttempo landete. Gemächlich fuhr ich durch die Querstraßen. Die Verkehrsteilnehmer quittierten dies mit hektischem Hupen und dichtem Auffahren, doch mir war es egal, denn eine Über-Hunderttausend-Euro-Investition rechtfertigte mein Verhalten. Das fest umklammerte Lenkrad ließ meine Fingerknöchel gläsern durchschimmern. Konzentriert registrierte ich die Uni-Klinik, den Main, die U-Bahn, Alleen. *Ah, die Pferderennbahn.* Dann ging's weiter mit Bäckereien, Drogerien und Apotheken. Sie waren wie hintereinander aufgereihte Perlen anzutreffen. Ein ansprechendes Viertel mit viel Grünanteil – auch die Flugzeuge über dem Stadtwald am Horizont waren kilometerweit entfernt. *Keine Gefahr. Hervorragend!* Lächelnd zog ich das Raster enger.

Meinen schwarzen Wagen parkte ich in der Parallelstraße der Zieladresse. In einiger Entfernung tauchte bereits das Hochhaus schemenhaft auf. Der Motor verstummte. Mit dem Exposé und einem Zollstock in der Hand glitt ich vom Sitz, verriegelte den Wagen mit einem »Piep« und kurz aufflackernden Scheinwerfern.

Ich schaute mich um und schlenderte los. *Ein Kindergarten … Einfamilienhäuser.* Weiter ging's in Richtung Haus … *Ru-*

hige Sackgasse ... prima! Neugierig beäugte ich das Anwesen. Nebeneinanderstehende Garagen formten einen geräumigen Innenhof. Eine Rasenfläche umsäumte das Haus. *Wow! Viel Freifläche. Für Frankfurter Verhältnisse recht selten.*

Lächelnd legte ich meinen Kopf in den Nacken und kniff meine Augen zusammen, um besser sehen zu können. Es war ein saniertes, kleines Hochhaus aus den sechziger Jahren mit sieben Etagen. *Wie beschrieben!* Der weiße Farbanstrich schimmerte in der Abendsonne.

»Mit Fassadendämmung«, hörte ich jemanden sagen und drehte mich in die Richtung der Stimme um.

»Sie sind Frau Winter?«

»Ja.«

»Peters, von der Agentur Köhler. Wir hatten heute Morgen miteinander gesprochen.« Er begrüßte mich mit einem festen Handschlag und lächelte mich an. »Sie sind immer gerne früh dran, oder?«

»Na klar.« Ich lachte über seine Andeutung. »Hab' erst einmal die Gegend inspiziert.«

»Und – gefällt's?«

»Ja. Fantastisch! Dann zeigen Sie mir mal, was Sie anzubieten haben, junger Mann!« Gemeinsam gingen wir auf den Hauseingang zu, und ich murmelte: »Bitte sei keine Schrottimmobilie!«

Am Eingang angekommen, äugte ich durch die Glastür ins Innere und erblickte einen großzügig gestalteten Flurbereich. Zusätzlich ließen Glasbausteine ungehindert Tageslicht einfallen. Der junge Mann kramte in der braunen Aktentasche nach einem Schlüsselbund und öffnete die Tür.

Im Flur war es angenehm kühl, und es roch nach frischer Farbe. Neugierig drehte ich mich um. Die Wände waren zur Hälfte mit hellgrauen, quadratischen Fliesen bedeckt. Der restliche Teil glänzte in einem Weißanstrich. Die breite Treppe schlängelte sich mit einem Edelstahlgeländer in die oberen Etagen empor. Die Bodenplatten glänzten dunkel. *Eine Visitenkarte par excellence!* stellte ich zufrieden fest.

Der Makler orderte den Lift, und kurze Zeit später stoppte die Kabine sanft wippend mit uns im siebten Stockwerk des Hauses. Der Aufzug öffnete sich geräuschlos. Mein Vermittler schritt auf eine Wohnungstür zu und öffnete sie. »So, bitte, Frau Winter, nach Ihnen.«

Meine Hände umklammerten den Zollstock. Ich schob mich an ihm vorbei und blieb in der Mitte des Flurs stehen. Ich sah mich um – und war entzückt!

Keine Tapete in Hellbraun an den Wänden, kein abgewetzter Teppichboden. Mich empfingen hellgestrichene Wände und ein kirschfarbenes Laminat. Neugierig streifte ich weiter ins Badezimmer. Hier wartete kein Siebziger-Jahre-Stil mit grünen Fliesen oder aufgeklebten »Prilblumen« auf mich, sondern ein Hochgenuß. Matte Schieferfliesen auf dem Boden und an den Wänden bildeten eine Einheit. Mein Blick wanderte umher.

Staunend registrierte ich eine saubere Badewanne und eine Dusche ohne Schmierflecken. Meine Finger glitten über die kalten Chrom-Armaturen. Dann kam der krönende Abschluß. Es gab ein Fenster! Keinen Sehschlitz, sondern eines zum Öffnen. Meine Güte, die Wohnung hielt, was das Internet anpries. Lichtdurchflutete Räume im Penthouse-Stil, mit Balkon anstatt einer umlaufenden Terrasse – aber dennoch versperrten mir keine Nachbarwände den Fernblick auf den Taunus und die Frankfurter Skyline. *Die oder keine!* schrie es in mir. So eine hatte ich während meiner gesamten Suche nicht gesehen. Plötzlich fiel mir Tom ein: »Zeige dem Makler niemals dein Interesse. Vielleicht haben sie einen Preisspielraum, um die

Wohnung schneller loszuwerden. Du weißt, Zeit ist Geld!« Dabei hob er beschwörend den Zeigefinger. *Hm?* So recht glauben konnte ich das nicht, denn wir bewegten uns schließlich auf dem Parkett des Frankfurter Immobilienmarkts. Willige Käufer gab es wie Sand am Meer.

»Hier geht's weiter zur Küche, Frau Winter.« Ich versuchte, meine Begeisterung zu verbergen, und schlenderte ihm nach. Meine Hände schob ich tief in die Hosentaschen, dabei zerknuddelte das Exposé und der Zollstock quetschte am Handrücken. »Kommt noch eine Küche rein?« raunte ich und hoffte, daß meine Stimme nicht allzuviel von meiner Verzückung verriet.

»Leider nicht. Aber vielleicht kann ich preislich etwas bei der Verkäuferin machen.« *NEIN! Der gute Tom!* Mein Herz klopfte in mir bis zum Hals.

»Wissen Sie ...«, sagte ich, »ich nehme sie.«

Der Makler krauste die Stirn. »Oh, nach einer Besichtigung?«

Wenn der Kleine wüßte, was ich alles besichtigen mußte, dachte ich selbstmitleidig und nickte.

Er grinste mich an. »Na dann, herzlichen Glückwunsch!«

»Echt? Es gibt keine anderen Interessenten?«

»Durchaus. Aber Sie sind die erste Kundin. Ich reserviere Ihnen diese Wohnung. Die entsprechenden Unterlagen zum Objekt erhalten Sie morgen per E-Mail. Wenn Sie dann noch interessiert sind und die Finanzierung hinbekommen, gehört sie Ihnen.« Er überlegte einen Augenblick und meinte: »Ich finde, sie paßt zu Ihnen!«

Meine Faust schoß in die Höhe. Yes! Sie gehörte mir – vorläufig wenigstens.

3   Mein Wohnungseigentum

Die Reservierung des Maklers hatte ich in der Tasche – das Objekt jedoch noch lange nicht. Es fehlte die Finanzierungszusage der Bank. Sie können sich nicht vorstellen, was die alles prüft. Ein Muß sind ein fester Wohnsitz und ein Einkommensnachweis. Megawichtig sind das Eigenkapital, der Zustand des geplanten Kaufobjekts, der Verschuldungsgrad und Sicherheiten.

Zudem kam die Qual der Wahl des Finanzierungshorizonts: fünf Jahre, zehn Jahre, fünfzehn oder zwanzig Jahre. Sollte ich auf steigende oder fallende Hypothekenzinsen spekulieren? Ich entschied mich für zehn Jahre. Weiter ging es mit Dingen wie Gesamtkredit, inklusive zehn Prozent Nebenkosten, abzüglich Eigenkapital (mindestens zwanzig Prozent), Tilgung, meine monatliche Belastung mit und ohne Hausgeld. Alles sehr herausfordernd. Parallel quälte ich mich durch die zugesandten Maklerunterlagen: Teilungserklärung, Gemeinschaftsordnung, Wirtschaftspläne, Jahresabrechnungen und Versammlungsprotokolle.

Ich war unsicher. Worauf, bitte schön, sollte ich achten? Ich horchte in mich hinein. Mein Bauchgefühl gab mir sein Okay. Auch Tom entdeckte nichts Ungewöhnliches. Im Gegenteil. Er meinte, mehr als die Hälfte der Besitzer würden im Haus wohnen und auf die Qualität ihrer Anlage achten – Eigentum verpflichtet! Zudem wäre der Rücklagentopf beachtlich gefüllt trotz der Fassadensanierung – und dies war für mich ausschlaggebend. Mein Kaufentschluß stand fest.

Kurz darauf kam der ersehnte Anruf. »Guten Tag, Frau Winter. Sie erhalten den gewünschten Kredit.« Ich strich eine Strähne aus der Stirn. Mit einer Absage hatte ich nicht ernsthaft gerechnet. Aber bei Banken weiß man nie.

Schließlich lag die Zielgerade vor mir, denn in zwei Tagen würde ich den Kaufvertrag unterschreiben – und soll ich Ihnen etwas verraten? Darunter hatte ich mir Spektakuläreres vorgestellt. Dieses Ereignis war farblos und kostete mich etliche tausend Euro, allein dafür, daß uns der Notar dreißig Minuten lang einen juristischen Kram vorlas, den ich Ahnungslose nicht in Gänze verstand; meine anwesende Verkäuferin und der Makler ebenfalls nicht, so wie sie unbeteiligt auf ihren Stühlen saßen. Der Notar legte die Unterlagen auf dem Konferenztisch ab. Ich sah zur Verkäuferin hinüber und fragte spontan: »Ihre letzte Chance, Frau Krämer. Gibt es irgend etwas, was Sie mir noch zur Wohnung sagen möchten?«
»Nein.«
»Wirklich nicht?«
»Nein!«
»Na, gut.«
Entschlossen unterschrieben alle Beteiligten den Kaufvertrag. Die Verkäuferin lächelte und gratulierte mir. *Sie lächelt!* überlegte ich. *Stimmt etwas nicht?* Doch ich verdrängte den Gedanken. Ich war glücklich: Nach einer knapp einjährigen Odyssee hatte ich mein Ziel erreicht. Liebe Freunde! Ich war stolze Wohnungseigentümerin!

Der Umzug ins Eigenheim – August 2010

Gedanklich türmten sich Bilder mit Kartons vor mir auf. Ein Horror! Umzug war Schwerstarbeit, und das können nur diejenigen nachfühlen, die so eine Plackerei bereits erlebt haben, oder? Deshalb beauftragte ich eine Umzugsfirma. Lediglich Susi verunsicherte mich mit ihrem Getue: »Paß auf, die können unpünktlich sein … oder erst gar nicht kommen.« »Man hört so viel Unschönes …« Was wollte Susi? Sie sollte froh sein, nicht mithelfen zu müssen. Ich hatte mich entschieden – Professionelle mußten her!

Am Tag des Umzugs wartete ich vor dem Haupteingang des Altbaus. Ich linste auf die Armbanduhr, und dann zur Straße hinüber. Endlich. Die Packer trafen ein. Meine Hände entkrampften sich. Gott sei Dank, Susis Prophezeiungen hatten mich verschont. Bis heute wußte ich nicht so recht, was sie damit bezweckte. Fürsorge, bloßes Geplapper ... oder wollte sie mit anpacken? Susi? Mit ihren lackierten Fingernägeln?

Der Fahrer stoppte vor mir und schaute mich durch die Windschutzscheibe an. Auf mein Winken hin stellte er den Kleintransporter dicht am Hauseingang ab.

Drei Männer stiegen aus. Lächelnd begrüßte ich sie mit Handschlag. »Guten Morgen. Schön, daß Sie da sind!« Schnell lupfte ich meine Hand aus den Fängen des Kräftigsten. *Ja, die können anpacken!* Ihre derbe Art war mir durchaus sympathisch, und das Beste war, daß sie mich mit sauberen Handwerkeroutfits überraschten – leider auch nicht selbstverständlich!

»So, meine Herren ...«, und klatschte in die Hände »wir müssen hinauf in den fünften Stock. Leider ohne Aufzug!« (Apropos, liebe Leser, den hatte mein Vermieter selbstverständlich nie einbauen lassen. GELOGEN!)

Die Männer äugten sich stumm an und folgten mir ins Treppenhaus. Gemeinsam begannen wir mit dem Aufstieg. Hinter mir schnaufte es heftig. *Hoffentlich halten sie durch*, überlegte ich erschrocken und führte die Männer hinauf bis ins Wohnzimmer unters Schrägdach. »Meine Herren, all diese gestapelten Kartons müssen hinunter!« Ohne Rückfragen schnappte sich der Bulligste eine Kiste, schulterte sie und begann mit dem Abstieg. Die beiden anderen folgten wortlos seinem Beispiel.

Es war wie ein Uhrwerk: Hoch – runter, hoch – runter, immer von vorn, ohne zu murren, stapften sie mit stoischem Gesichtsausdruck die achtundneunzig Betonstufen hinauf und hinab. Ich war tief beeindruckt.

Vier Stunden später verschwand der letzte Küchenstuhl mit dem knabenhaften Möbelpacker im Treppenhaus auf dem Weg nach unten. Sekunden stand ich vor meiner Wohnungstür und linste in den Flur. Die Klinke schwebte in meiner Hand. Ein kurzes Zögern. Nein, ich verspürte keine Wehmut, im Gegenteil – ich blickte zu der Nachbarwohnung hinüber und flüsterte: »Endlich geschafft. Auf Nimmerwiedersehen, ihr …« – und zog die Tür lautlos ins Schloß.

Leichtfüßig flog ich die Treppenstufen hinunter, warf den Schlüssel in den Postkasten, wie ich es mit dem Vermieter vereinbart hatte, sprang in mein Auto und fuhr zügig nach Niederrad. Im Spiegel suchte ich nach dem Möbeltransporter – er hatte Mühe, mir zu folgen.

Am neuen Heim angekommen, wies ich den Fahrer an, rückwärts in den Innenhof zu fahren. Wenige Minuten später kam der weiße Lieferwagen vor dem Eingang zum Stehen. Mit hochgerafften Pulloverärmeln eilte ich auf die Heckklappe zu, als eine langgewachsene Gestalt in einem dunkelblauen Kittel neben mir auftauchte.

»Ach, Sie müssen die neue Eigentümerin sein. Ich bin der Hausmeister der Anlage. Ich begrüße Sie recht herzlich.« Seine grauen Augen beäugten mich neugierig.

»Oh, danke. Das ist sehr freundlich von Ihnen.« *Wie schnell sich der Wohnungsverkauf herumgesprochen hatte*, dachte ich perplex, und von wem hatte er eigentlich die Information? Flüchtig lächelte ich ihn an und wandte mich den Möbelpackern zu. Sie lehnten mit untergeschlagenen Armen an der geöffneten Heckklappe und warteten auf Anweisungen.

»Die Couch kommt ins Wohnzimmer! Es geht in den siebten Stock. Außerdem – hier gibt's einen Lift!« Ein Grinsen flackerte beim Kräftigen übers Gesicht, und er hievte mit dem Knaben das Teil von der Ladefläche.

Huch! Plötzlich schnappte der Hauswart nach einer Kiste. »Sagen Sie, wo soll ich die abstellen?« Er strahlte mich mit seinem wettergegerbten Gesicht an. Es erstaunte mich ein wenig. Allerdings – warum nicht?

»Das ist sehr nett. Bitte stellen Sie ihn vor der Briefkastenanlage ab.« Schnaufend hob er den Karton vom Transporter.

»Wissen Sie«, flüsterte er, setzte ihn an der gewünschten Stelle ab und beugte sich vertraut zu mir herüber. »Ich wohne ebenfalls in diesem Haus.« Dabei wackelte er mit seinem grauen Haarschopf. Sein Gesicht legte sich in Falten.

»Ach, wie schön. Und – wie wohnt man hier so?«

»Sehr gut. Eine tolle, ruhige Gemeinschaft. Übrigens, mein Name ist Schneider.«

»Ich heiße Winter. Na, dann sehen wir uns ja öfter. Auf ein gutes Zusammenleben!« (Was ich zu diesem Zeitpunkt nicht wissen konnte: Herr Schneider war nicht nur der Hausmeister der Anlage, sondern auch Mitglied im Verwaltungsbeirat, und ihm gehörten vier Wohnungen von insgesamt einundzwanzig Einheiten in dieser Anlage!)

Erneut wandte ich mich den Packern zu, die mit dem Möbelstück auf mich warteten. »Bitte mir nach!« munterte ich sie auf. Sie folgten mir bis zum Fahrstuhl, der uns mitsamt der Couch millimeterweise verschlang. Wir standen nur einen Atemhauch voneinander entfernt, und ich registrierte die dunklen Schwitzflecken ihrer Anzüge.

Wippend hielt der Aufzug in der gewünschten Etage. Als erste preßte ich mich aus der Kabine. »So, nun hier hinein. Ja … stopp! Weiter bis zum Wohnzimmer … halt! Abstellen!

Vorsichtig! Nichts verkratzen!« Die Männer schnaubten, rückten das Sofa an die Wand und gingen geradewegs zum Ausgang, um die nächste Fracht hinaufzutragen.

Allmählich füllte sich das Zimmer mit hellen Möbeln, einem modernen Einrichtungsstil mit puristischem Touch. Das cremeweiße Sofa, der Wohnzimmerschrank und der Tisch fügten sich ansehnlich in die achtundzwanzig Quadratmeter ein. Den Fernseher richteten sie nach dem Sitzmöbel aus. Die beiden weinroten Cocktailsessel standen in den Zimmerecken, und die Stechpalme streckte sich der zwei Meter siebzig hohen Decke entgegen.

»So, nun die Möbel fürs Schlafzimmer. Bitte zuerst das Bett«, feuerte ich sie an. Die Männer zogen die meterlangen Seitenteile vom Transporter und trugen sie in den Aufzug.

Nachdem alles oben angekommen war, setzten sie das Bett in der Nische des Schlafzimmers zusammen. Es paßte wie maßgeschneidert. (Nebenbei bemerkt, bei Besichtigungen sollten Sie immer einen Zollstock oder ähnliches bei sich haben, denn häufig kannten die Makler nicht einmal die exakten Zimmermaße. Außerdem: Sie bezahlen einen Preis für die Wohnung, und da sollten die tatsächlichen Quadratmeter auch mit denen im Kaufvertrag übereinstimmen!)

Okay, weiter geht's.

Den weißen Kleiderschrank schoben sie an die Querwand des Raums, und selbst der dekorative Stuhl paßte eindrucksvoll ins Ambiente. Ich glaube, er stammt aus der Jugendstilzeit. Den hatten Justus und ich auf dem Flohmarkt am Mainufer entdeckt. Nur ungern hatte er ihn mir überlassen, denn Justus konnte alles gebrauchen. Schwungvoll drehte ich mich im Zimmer. Ein puristischer Traum!

Die Packer wischten sich Schweißperlen aus ihren verschwitzten Gesichtern. »Meine Herren, gleich haben wir es geschafft. Nur noch die Möbel fürs Arbeitszimmer«, säuselte ich und versuchte die letzte Energie aus ihnen herauszupressen. Schwerfällig und mit leerem Blick schoben sie die Möbel in den Fahrstuhl.

Bald gesellten sich dem Glasschreibtisch zwei Hochregale und ein Bürostuhl aus rotbraunem Leder hinzu. Meine Finger strichen über das gegerbte Material. Ich atmete tief ein. Geschafft. Der Umzug war glatt über die Bühne gegangen: keine Verletzten, nichts zerbrochen. Ich dachte kurz an Susi.

Im Hof lehnten die drei Möbelpacker stumm an der Seite des Transporters. Der Bullige, vermutlich der Tageschef, nahm einen tiefen Lungenzug und atmete tief durch die Nase aus. Die Schwitzflecken auf seinem Handwerkeranzug waren noch größer geworden. Achtsam schaute ich von einem zum anderen und griff in die Hosentasche. »Vielen Dank für die hervorragende Arbeit!« sagte ich und drückte jedem einen hellblauen Schein in die rauhen Handflächen. Ihre Augen funkelten.

»Jo, junge Frau. Das war ein hartes Stück Arbeit«, hüstelte der Chef und äugte mich an. Er winkte mit seinem Arm. Ich deutete es als einen Abschiedsgruß. Beschwerlich stemmte er sich hinters Lenkrad. Der Knabenhafte und sein stämmiger Kollege rutschten wortlos auf den breiten Beifahrersitz. Der Wagen rollte aus dem Innenhof.

Das Gröbste lag hinter mir! Stolz schritt ich durch die spartanisch eingerichteten Zimmer. Nur eines fehlte: die Küchenzeile.

Unsentimental erinnerte ich mich an die exquisite, wenn auch kleine Küche in dieser miserabel isolierten Altbauwohnung, doch hier verwirklichte sich mein Wunsch nach einer offenen Wohnküche! (Anmerkung: Mein Makler konnte tatsächlich einen Preisnachlaß bei der Verkäuferin herausholen.

Nicht viel, aber immerhin, und der floß in die Kaufsumme.) Sie erstrahlte in einem Look aus weißem Dekor, schwarzer Granitarbeitsplatte, Rauchglas und gebürsteten Edelstahlgriffen. Die Kochinsel mit Gasherd und Dunstabzugshaube stand in der Mitte des Zimmers. Von hier aus konnte man direkt ins Wohnzimmer mit der bodentiefen Fensterfront schauen – mit unverbauter Sicht auf die Frankfurter Skyline. Behutsam öffnete ich die Schiebetür, lehnte mich rauchend an die Balkonbrüstung und schaute zur Stadt hinüber. Die Erinnerungen an die Mietwohnung verblaßten und versanken im Lichterglanz der Hochhäuser – ich war in meinem neuen Zuhause angekommen.

Happy End? Daran glaubte ich fest in diesem Moment. An die zukünftige Ruhe und Zufriedenheit in meinen eigenen vier Wänden – mit Gestaltungsfreiheit und Mitspracherecht.

4 Die defekte Heizungsanlage

Lautlos verdrängte der Herbst den Sommer. Im Morgenmantel eingehüllt, kauerte ich am Küchentisch, einen Fuß auf dem Lederstuhl abgestützt. Endlich Wochenende. Meine Hände umklammerten den dampfenden Kaffeepott. Ich nippte vorsichtig und überflog die Headlines des Wirtschaftsteils in der Tageszeitung, der die Hälfte des Tisches verschlang. Frühmorgendliche Herbstsonne durchflutete den Raum, und heftige Windböen verwirbelten das Laub vor dem Fenster.

Fröstelnd zog ich meine Schultern zusammen. Ich blickte auf und zog den Morgenmantel enger um die Schultern. *Kühl hier!* stellte ich fest und rutschte vom Stuhl. Der Becher landete auf dem Tisch. Kaffee schwappte über und zog sich zu einem undefinierbaren Muster auf dem Zeitungspapier zusammen. Mit Hausschuhen kniete ich vor der Küchenheizung und tastete am Heizkörper entlang – lauwarm, von oben bis unten. Ich schielte ins Wohnzimmer hinüber und erhaschte die Skyline, die im frühmorgendlichen Dunst auftauchte. Die Spitze des Messeturms äugte wie ein Leuchtturm hervor. Schlendernd ging ich ins Wohnzimmer, hockte mich neben das bodentiefe Fenster und berührte behutsam das weiße Stahlblech des Heizkörpers, als könnte man etwas kaputtmachen. Mit steifen Knien stemmte ich mich hoch und ging ins angrenzende Bad und tastete die Badheizung ab. Lauwarm. Ich stutzte. Sämtliche Heizkörper in den Räumen waren lau.

»Ich drehe die Thermostate mal auf die höchste Stufe«, murmelte ich und setzte mich anschließend mit angezogenen Beinen in den Ledersessel. Nach knapp zehn Minuten begab ich mich auf Wanderschaft durch die Räume und wiederholte tätschelnd den Heizungscheck. Einer nach dem anderen – sie blieben handwarm. Auch das Entlüften der Heizkörper mit dem Vierkantschlüssel brachte keine Besserung.

Trotz meines dicken Mantels schüttelte es mich. »Wie kalt ist es eigentlich?« brummte ich und ging mit hochgezogenen Schultern zurück ins Wohnzimmer. Im Regal lag der Hygrometer, den ich mir für die Mietwohnung zugelegt hatte, und schielte drauf. Herrje. Es waren siebzehn Komma acht Grad. *Eventuell ist die Anlage gestört, oder sind es die Heizkörper?* Eine Sekunde später machte ich eine Kehrtwende, stoppte vor dem Sideboard und schnappte mir das Handy.

»Hey, Tom, hier ist Anna.«

»Hallo. Ich habe lange nichts von dir gehört, du treulose Tomate.« Vor mir tauchte sein schiefes Grinsen auf. »Und – hast du dich gut eingelebt?

»Ja. Alles bestens. Ich hatte viel mit dem Einrichten um die Ohren.«

»Ah. Das habe ich mir schon gedacht.«

»Soll ich dir etwas verraten?«

»Ja ...?« meinte er abwartend.

»Ich glaube, ich habe einen Sechser im Lotto gewonnen. Eine super ruhige Wohnung. Keiner, der mit Klavierspielen nervt, haha!« Erschrocken hielt ich mir die Hand vor den Mund. »Oh, ich möchte nichts beschreien.« Ich lachte auf.

»Haha, Glück gehabt, Anna. Ach, was mir gerade einfällt: Hast du dem Verwalter schon deine Kontaktdaten mitgeteilt?«

»Na klar. Per E-Mail.«

»Hast du auch schon das Hausgeld überwiesen?«

»Natürlich. Die Verkäuferin hatte mir doch alle erforderlichen Daten übergeben.«

»Prima!«

»Warum ich überhaupt anrufe, Tom: Bei mir wird's nicht richtig warm. Ich habe alle Heizthermostate voll aufgedreht, aber es hat gerade mal achtzehn Grad in den Räumen!«

»Oh, das ist wenig!«

»Könnte es an den Heizkörpern liegen?«

»Hast du sie entlüftet?«

»Natürlich, das kenne ich doch aus der Mietwohnung. Daran liegt's nicht!« Meine Hand klemmte ich zum Wärmen unter die Achselhöhle.

»Soviel ich weiß, fallen nicht alle Heizkörper gleichzeitig aus. Deshalb tippe ich auf die Heizungsanlage.« Er machte eine kleine Pause. »... die hat garantiert zu wenig Druck, um ausreichend Heißwasser in den siebten Stock zu pumpen.«

»Aha?«

»Weißt du, wenn der zu niedrig ist, muß Heizungswasser nachgefüllt werden.« Seinem Tonfall entnahm ich, daß dies die einzig logische Erklärung für ihn war.

»Hm! Das könnte der Grund sein. Ich werde mich mal im Haus umhören. Übrigens: Haltet euch den kommenden Samstag frei, ich gebe eine Einweihungsfeier. Susi und Justus haben schon zugesagt.«

»Prima. Lena und ich kommen gerne. Bis dann.«

Ich legte auf und schlurfte in die Küche. Dort befreite ich den Becher aus dem Kaffeerand, nahm einen Schluck von dem mittlerweile kalten Getränk und erinnerte mich an den Hausmeister. *Der weiß bestimmt, was hier los ist!*

Die Eingangstür des Hauses fiel summend hinter mir ins Schloß. *Da ist er ja!* Nach dem Herbststurm am Wochenende war der Innenhof über und über mit buntem Laub bedeckt. Mit einem abgewetzten Rutenbesen versuchte er mühselig, Blätterhaufen zu bauen.

»Guten Morgen, Herr Schneider. Herrlicher Tag, oder?«

»Mm, ja, herrlich«, brummte er und unterbrach das Stochern. Gemächlich drehte er sich zu mir um.

»Sagen Sie, ist die Heizungsanlage defekt?«

»Was meinen Sie?« Er runzelte die Stirn.

»Na, die Heizkörper sind nur lauwarm, dabei habe ich die Thermostate auf die höchste Stufe gedreht. Kann es sein, daß es an der Anlage liegt?«

»Das weiß ich nicht! Meine Heizkörper funktionieren einwandfrei.« Er stützte sich auf dem Holzstiel ab und schaute mich unbeteiligt an.

»Und bei den anderen Bewohnern? Läuft dort die Heizung?«

»Mm! Bei mir hat sich niemand gemeldet.« Er drehte mir den Rücken zu und schlug wieder auf das Laub ein. »Wissen Sie«, nuschelte er, »die Heizungsanlage war schon immer so. Sie müssen sich mit diesen Raumtemperaturen halt abfinden!« Ich schnappte genug Wortfetzen auf und war von seiner Antwort keinesfalls begeistert.

»Aber, Herr Schneider, es ist kühl bei mir. Sie müssen etwas tun …«, und zögerte einen winzigen Augenblick, ob ich es sagen sollte, doch plötzlich platzte es aus mir heraus: »… schließlich sind Sie unser Hausmeister!« Mein Blick durchbohrte seinen Rücken.

Abrupt stoppte er das Zusammenschieben der klebrigen Masse und drehte sich behäbig zu mir um. »Nee, Frau Winter, da kann ich auf keinen Fall was machen. Außerdem, ich muß jetzt auch weg.« Sein Seitenblick streifte mich, und er schlich mit dem zerknautschten Kittel an mir vorüber, den Besen zog er holpernd hinter sich her. Mit weit geöffnetem Mund blickte ich ihm nach, bis der Kellerbereich des Hauses den langgewachsenen Mittsechziger verschlang. *Beim Einzug war er doch so hilfsbereit gewesen. Wo ist bitte schön die plausible*

Erklärung? Ich will es doch nur warm haben, folgerte ich irritiert und überlegte weiter: *Als Mieter würde ich auf den Vermieter zugehen. Geht nicht. Ich bin Eigentümerin! Wenn der Hausmeister nicht tätig wird, wer müßte sich mit dem Problem beschäftigen? Genau. Die Hausverwaltung!*

Ich schüttelte die Starre ab und linste auf die Uhr: *Das schaffe ich noch vor Arbeitsbeginn.* Ich ging zum Eingang hinüber und fuhr in meine Wohnung hinauf. Trotz des Umzugs wußte ich genau, wo die Kaufunterlagen abgelegt waren und griff gezielt nach dem Aktenordner im mittleren Schrankfach des Hochregals. Ich blätterte die Seiten durch. *Da ist sie!* Achtsam tippte ich die Nummer ein.

Lieber Leser! Zu diesem Zeitpunkt war mir keinesfalls bewußt, daß ich mit Hochgeschwindigkeit auf die aufziehende Gewitterfront – in Gestalt meines Verwalters – zurasen würde. Ein Alptraum, der fünf Jahre andauern sollte – und glauben Sie mir, die lärmende Mietwohnung war dagegen ein warmer Sommerregen gewesen, oder anders gesagt: »Ein Fliegenschiß auf der Windschutzscheibe.« Dabei begann alles so harmlos …

5 Der Verwalter

»Guten Tag. Sie sind verbunden mit der Verwaltung Krause. Sie sprechen mit Herrn Krause. Was kann ich für Sie tun?«

»Guten Tag, Winter mein Name. Ich bin die Käuferin der Wohnung in Niederrad und ich ...«

»Ach, guten Tag, liebe Frau Winter. Ja, ich weiß. Ich habe Ihre Mail erhalten. Im Namen der Gemeinschaft darf ich Sie recht herzlich als neues Mitglied begrüßen«, säuselte er mir entgegen.

»Das ist sehr aufmerksam von Ihnen.« *Hm. Er hätte mich wenigstens ausreden lassen können,* überlegte ich, dennoch freute ich mich über seine Worte.

»Was kann ich für Sie tun?«

»Um es kurz zu machen: Ich friere in meiner Wohnung.«

»Ach!«

»Ja. Meine Heizkörper sind lauwarm, und es sind nur knapp achtzehn Grad in den Räumen. Es ist viel zu kühl, gerade im Bad.«

»Das ist wirklich sehr wenig. Die Thermostate sind aufgedreht?«

»Selbstverständlich!«

»Verstehe. Gut, Frau Winter, ich werde mich persönlich darum kümmern.«

»Klasse ... und Sie melden sich bei mir?«

»Selbstverständlich. Wir melden uns bei Ihnen. Versprochen! Einen schönen Tag wünsche ich Ihnen.«

»Danke. Das wünsche ich Ihnen ebenfalls.«

Lächelnd legte ich auf und schob den Aktenordner in den Schrank zurück. *Er kümmert sich um alles ... und wow, was für eine sonore Stimme!* Die Arbeitswoche konnte beginnen.

Jeden Morgen eilte ich ans Küchenfenster und spähte in den Innenhof hinunter. Der Anruf lag nun etliche Tage zurück, doch wieder war niemand da. Kein Handwerkerfahrzeug, kein Monteur – und der Verwalter hat sich auch noch nicht gemeldet. Unruhig ging ich in meiner Wohnung auf und ab. Was mache ich jetzt? Möglicherweise würde es helfen, ihm alles noch einmal schriftlich mitzuteilen? Was ich hiermit tat:

Sehr geehrter Herr Krause,
seit unserem Telefonat vor knapp zwei Wochen erhielt ich bis heute keine Rückmeldung.
Ich teilte Ihnen mit, daß selbst auf der höchsten Stufe keine zufriedenstellende Heizleistung in meinen Wohnräumen zu erreichen ist.
Kürzlich geführte Gespräche mit Bewohnern aus dem zweiten und fünften Stock des Hauses bestätigten mir, daß deren Heizkörper ebenfalls kaum warm werden. Somit könnte dies ein Problem des gesamten Hauses bzw. der Heizungsanlage sein.
Bitte nehmen Sie sich der Angelegenheit an und geben Sie mir zeitnah eine Rückmeldung.
Mit freundlichen Grüßen
Anna Winter

Vier Tage später zog ich einen Brief meines Verwalters aus dem Briefkasten. (Erst viel später erfuhr ich, daß die Verwaltung aus einem Mini-Team bestand: ihm selbst, seiner Tochter und seiner Tante von knapp siebzig (!) Jahren. Ein Familienunternehmen, das erst kurz vor meinem Einzug bestellt worden war.)
Erwartungsvoll hielt ich den hellen Umschlag gegen das Sonnenlicht, als könnte irgend etwas durchschimmern.

Mensch, Winter! dachte ich kopfschüttelnd, riß den Umschlag auf und überflog die Zeilen.

»Sehr geehrte Frau Winter, vielen Dank für Ihr Schreiben ...«

Meine Augen flogen über die Bla-bla-Zeilen, bis sie sich festhakten:

»... zu unserem Bedauern müssen wir Ihnen mitteilen, daß wir nichts machen können. Dies war in diesem Haus schon immer so. Sie müssen sich leider mit den Wohnraumtemperaturen abfinden ...«

Nur Ausflüchte. Moment, das hatte ich doch schon mal gehört. Natürlich – dies waren die Worte des fegenden Hausmeisters. Verblüfft las ich die Zeilen. Für ihn ist dieses Thema erledigt, oder was? Warum ignoriert er mich und die anderen Bewohner? Wieso nimmt er so unkritisch die Aussage des Hauswarts an? Eigentlich hatte ich keine Lust auf so ein Hin und Her. Wäre ich Mieter, würde ich den Betrag kürzen – wie beim Vorgänger. Allerdings: Jetzt war ich Eigentümerin und konnte das Hausgeld nicht einfach einbehalten. Es ist der monatliche Betrag, den mir der Wirtschaftsplan vorgab. Einerseits dient er zur Bezahlung der Kosten für die Müllentsorgung, Hausstrom, Hauswart und Verwalterhonorar, und andererseits für die laufenden Instandhaltungskosten für das Gemeinschaftseigentum. Tom hatte mich darauf hingewiesen: »Wenn Du das Hausgeld kürzt oder nicht bezahlst, kannst du dir eine schriftliche Mahnung vom Verwalter einhandeln – und schlimmstenfalls ein gerichtliches Mahnverfahren. Stell dir vor, jeder würde das machen! Mensch, das könnte zu finanziellen Engpässen in der Gemeinschaft führen.« Tja, und ich war so naiv zu glauben, über mehr Rechte und Einflußmöglichkeiten zu verfügen als ein Mieter. Weit gefehlt! Augenscheinlich befand sich der Verwalter in einer äußerst komfortablen Position!

Plötzlich blitzte es starrköpfig in mir auf: *Der Treuhänder ist Dienstleister der Gemeinschaft. Somit bin ich mit achtundzwanzig Tausendsteln seine Auftraggeberin! Eigentlich müßte er an einer Top-Dienstleistung interessiert sein. Er möchte doch wiederbestellt werden, oder?* So schnell es in mir aufbegehrte, so zügig sackte es in sich zusammen. Ob es mir paßte oder nicht, ich war von der Gunst dieser Person abhängig!

Mürrisch entschied ich mich, ihm eine zweite E-Mail zu senden und forderte ihn erneut auf, das Heizungsproblem anzugehen. Ich wollte ein warmes Zuhause, war dies zuviel verlangt?

Eine weitere Woche harrte ich aus, doch die Zimmertemperaturen waren entsetzlich. Noch immer hatte er sich nicht gemeldet. *Will der nicht? Kann der nicht, oder was ist los? Bald ist Winter*! schimpfte ich stumm vor mich hin.

Mit zerknautschter Jogginghose kauerte ich in der Sofaecke und starrte in den Fernseher. Ich nahm den Film gar nicht wahr und dachte wehmütig an die heutige Freitagabend-After-Work-Party im »Looping«. Dieser Wochenausklang mit Kollegen war mir wichtig, aber diese unangenehme Verwaltung raubte mir jegliche Leichtigkeit. *So, es reicht. Keine Mails mehr!* Die Fernbedienung landete auf dem Tisch. Auf Socken rutschte ich ins Arbeitszimmer und fingerte nach dem Telefon. *Hoffentlich ist er noch im Büro.*

Es meldete sich eine näselnde Frauenstimme »Guten Abend, Sie sprechen mit der Verwaltung Krause Sie sprechen mit Frau Schwarz.«

»'n Abend, hier ist Winter.« Meine Stimme klang eckig. »Kann ich bitte Herrn Krause sprechen?«

»Es tut mir leid, er ist nicht mehr im Büro.«

»Und wer sind Sie, wenn ich fragen darf?« Stocksteif lehnte ich am Schreibtisch und stemmte die linke Hand in die Hüfte.

»Frau Schwarz, die Tante. Um was geht es denn, bitte?«

»Um die verflixte Heizung im Objekt Niederrad. Bitte richten Sie aus, er soll mich endlich zurückrufen. Er hat meine Nummer.«

»Mm, verstehe. Beruhigen Sie sich, liebe Frau Winter. Ich werde es ihm ausrichten.«

Er rief nicht zurück. Nie! Meine Anrufe erreichten mal die Tante, mal die Tochter. Immer im Wechsel, als wäre dies ein abgekartetes Spiel. Die beiden vertrösteten mich mit sanftmütiger Stimme. »Ja, wir kümmern uns darum. Wir leiten es weiter.« Es war zum Verrücktwerden! *Die Verwaltung will nicht?* Schlagartig war mir bewußt: Ich hatte keine Möglichkeit, sie in Bewegung zu bringen. Sie gängelte mich. MICH, die Eigentümerin!

Zusammengesunken saß ich am Küchentisch und umklammerte das Handy. Mein Magen war voller Treibsand. *Was kann ich tun?* Meine Augen sahen ins Leere. Nach einer Weile wählte ich die Nummer meines besten Freundes.

»Hallo, grüß dich, Tom.«

»Hey, du hörst dich gar nicht gut an.«

»Nee, mir geht's auch nicht so gut. Ich hatte dir doch von der defekten Heizung erzählt.«

»Ja, und?«

»Na, die funktioniert immer noch nicht!«

»Was?« fragte er ungläubig.

»Ja, und ich glaube, es ist die Heizungsanlage. Das vermuten auch andere Bewohner.«

»Hast du den Hausverwalter darauf angesetzt?«

»Hallo? Natürlich!«

»Und?«

»Na, der rührt sich nicht! Seit fünf Wochen versuche ich ihn anzutreiben. Er weiß, daß es ein Problem gibt.«

»Na, er muß etwas tun. Das ist sein Job!« rief er mir entgegen.

»Ich weiß. Trotzdem ignoriert er mich. Ich bekomme keine Rückmeldung. Keine Informationen. Er reagiert einfach nicht auf meine Telefonate.«

»Merkwürdig.«

»Was soll ich machen, Tom?«

»Es betrifft doch das gesamte Haus, oder?«

»Ja.« Ich lauschte aufmerksam.

»Na, dann warte ab. Vielleicht sind andere an ihm dran.«

»Meinst du?«

»Sicher, Anna!«

Dieses Gespräch beruhigte mich. Eventuell hatte er recht. Auch andere frieren. Möglicherweise könnten sie die störrische Verwaltung zum Laufen bringen.

Die Tage gingen vorüber. Nichts hatte sich positiv verändert, im Gegenteil. Täglich spürte ich die feuchte Luft in den Zimmern. Diesmal höhlte mich keine lärmende Nachbarwohnung aus, sondern Kälte. Selbst der Elektro-Ofen aus dem Baumarkt konnte dieses miese Raumklima kaum verbessern, von den steigenden Stromkosten mal abgesehen. *So kann es nicht weitergehen, diese Wohnung macht mich krank!* schrie es wütend in mir. Mit voller Wucht warf ich das Frotteehandtuch in die Badewanne. *Mir ist es egal, was DIE über mich denken, ich rufe da jetzt an!* Beim Rausstürmen stieß ich mit meinem

Knie an die Wannenecke und rannte humpelnd ins Wohnzimmer. *Shit, wo ist das Ding?* Ich stapfte in die Küche. *Ah, da!* Mit einem Klick wählte ich die Nummer der ignoranten Verwaltung. *Jetzt!* Diese wohltönende Kamin-Stimme kannte ich. Er war es höchstpersönlich.

»Hallo, hier ist Winter. Seit sechs Wochen versuche ich Sie persönlich zu erreichen!« Ich versuchte, meine aufschäumende Stimmung zu kontrollieren.

»Ich bin da«, erwiderte er mit samtiger Stimme.

»Warum reagieren Sie auf keine meiner Anfragen? Hatte man Ihnen nichts ausgerichtet?« brach es erregt aus mir hervor. Ich stützte mich mit der linken Hand auf der Arbeitsplatte ab, als wäre es ein Rednerpult.

»Was meinen Sie?«

»Na, weshalb bekomme ich wegen der Heizungsanlage keine Antwort?« Seine Borniertheit reizte mich.

»Das hatte ich Ihnen doch bereits schriftlich mitgeteilt. Die Heizung war schon immer so in diesem Haus. Außerdem, in den oberen Wohnungen ist es immer etwas kühler.«

»Was? Das glauben Sie doch nicht selbst! Wie bitte schön schafft man es, die Räume des »Messeturms« im vierundsechzigsten Stock zu heizen?«

»Tja. Andererseits könnte es auch an Ihren defekten Heizkörpern liegen«, säuselte er in den Hörer.

»Nein, das hat ein Heizungsmonteur – den ich privat bezahlt habe, Herr Krause – bereits für mich abgeklärt. Es muß die Heizungsanlage sein!« Diesen Satz rief ich ihm förmlich entgegen.

»Aha«, brummte er.

»Nun tun Sie endlich was. Beauftragen Sie eine Fachfirma, oder was auch immer. Sie sind der Verwalter, außerdem …«, ich zögerte einen Wimpernschlag, »wir Eigentümer zahlen IHR Gehalt!« platzte es hitzig aus mir heraus.

»Gute Frau Winter« …« Er machte eine winzige Pause und atmete leise. »Wir kümmern uns drum«, zischte er und legte auf.

Hallo? Was hat der denn für einen Ton drauf? Ich fixierte das Handy und warf es krachend neben den Gasherd. *Irgendwas läuft hier schief!*

Noch Tage später ging mir dieses unverschämte Gespräch durch meinen Kopf. Ich verzichtete darauf, erneut anzurufen. Momentan gab es keinen Ansatzpunkt. »Auch andere frieren …«, plapperte ich wie ein Mantra vor mich hin, die bringen ihn sicher in Bewegung.

Die Gattin

Wie der Vormonat, so startete der Dezember mit kaltem Wetter. Es war ein nebelverhangener Sonntagnachmittag, Schneeflocken verteilten sich sanft auf dem Balkon.

In eine Tagesdecke eingehüllt, hockte ich vor dem Fernseher. Die Stehlampe verströmte dämmriges Licht, und der Psychothriller fesselte mich. Unaufhörlich knetete ich meine Finger, bis ich stutzte und mir ins Gesicht faßte: eiskalt! Trotz Baumwoll-Sweatshirt spürte ich plötzlich die Kälte. Mit steifen Fingern drückte ich die Fernbedienung und stoppte den DVD-Player, rutschte vom Sofa und schlurfte zum Heizkörper. *NEIN, bitte nicht!* schrie es panisch in mir. Hektisch klopfte ich mit beiden Händen am Blech entlang. Der Heizkörper war kalt – ausgefallen. Ich eilte in die anderen Zimmer. Alle Heizkörper waren eiskalt, alle! Ich hastete zum Wohnzimmerschrank und schaute auf den Temperaturmesser. Sechzehn Komma sieben Grad. *Hilfe! Im Bad wird's noch kälter sein!*

Stapfend kam ich vor der Fensterfront zum Stehen. Mein Blick streifte die Hochhäuser, doch ich nahm sie gar nicht wahr. »Es ist saukalt!« schimpfte ich laut vor mich hin und raufte meine kurzen Haare.

Meine Gedanken stolperten. Ich hastete zurück ins Schlafzimmer, zerrte ungeschickt einen Stapel Pullover aus dem Schrank hervor und schmiß sie ungestüm aufs Bett. Den dicksten pickte ich hervor und zog ihn zittrig über das sperrige Sweatshirt. Beim Anziehen blieb ich mit dem Pullirand an der Halskette hängen. Ich zupfte sie mit steifen Fingern aus den Fasern. Das Pulliknäuel ließ ich ungeachtet verstreut auf dem Bett zurück.

Mit untergeschlagenen Armen ging ich ins Wohnzimmer hinüber, hockte mich mit angezogenen Beinen unter die Decke und zerrte sie wütend über die Schultern. »Es reicht! Ich rufe einen Heizungsnotdienst an, die kommen wenigstens«, schrie ich die ausgekühlte Wand an und starrte ins Nichts. Kurz darauf flackerte es wehmütig in mir auf: Wie gerne würde ich in dieser lärmenden Mietwohnung sitzen, da funktionierte wenigstens die Heizung. Mein Kopf dröhnte. Reglos saß ich im Halbdunkel und grübelte. *Einen Notdienst kann nur der Verwalter beauftragen, da dieses verflixte Ding Gemeinschaftseigentum ist! Würde ich einen bestellen, könnte ich auf den Kosten sitzenbleiben und außerdem – ich habe keinen Schlüssel für den Heizungsraum. ER muß informiert werden! Ich komme an IHM nicht vorbei!* Diese niederschmetternde Erkenntnis lähmte mich. Minutenlang war ich kraftlos, bis mich ein Gedankengang aufrüttelte. Ich sprang von der Couch auf, zwängte mich in die Turnschuhe und verließ die Wohnung. Ein Stockwerk tiefer klingelte ich an der Tür eines Eigentümers.

Es schepperte. Eine Sicherheitskette wurde entriegelt und ein faltiges Männergesicht tauchte vor mir auf. »Hallo, Frau Winter. Wollen Sie hereinkommen?«

»Guten Tag, Herr Fröhlich. Nein, danke, und bitte entschuldigen Sie die Störung, aber … funktionieren Ihre Heizkörper?«

»Nein. Die laufen seit zwei Stunden nicht mehr. Komplett ausgefallen.«

»Gut, ich meine natürlich schlecht, aber ich wollte mich nur vorher vergewissern, bevor ich die Verwaltung anrufe.«

»Oh, vor zehn Minuten habe ich mit denen gesprochen und mich bei ihnen beschwert. Die Heizungsanlage macht ja schon seit zwei Jahren Probleme.«

»Tatsächlich?«

»Ja. Wir müssen endlich eine Lösung finden!«

»Das sehe ich genauso.« *Hab' mir das ganze doch nicht eingebildet,* dachte ich erleichtert und nickte ihm zu.

»Wissen Sie, ich rege mich nicht so schnell auf, aber so kann es nicht weitergehen. Außerdem liegt mir meine Frau wegen der Kälte in den Ohren.«

»Ja, das kann ich gut verstehen. Und – was meinte die Verwaltung?«

»Man kümmert sich drum.«

»Na, den Spruch kenne ich. Wissen Sie was? Ich rufe da gleich an und frage nach, was sie nun machen wollen.«

»Ja, tun Sie das. Ich denke, wir brauchen einen Heizungsnotdienst!«

»Das befürchte ich auch. Wenn ich etwas Neues weiß, soll ich Ihnen Bescheid geben?«

»Ja gerne, und ich melde mich bei Ihnen, wenn's was Neues gibt.«

»Prima, so machen wir das. Dann noch einen schönen Sonntagnachmittag und viele Grüße an Ihre Frau!« Zum Abschied hob ich die Hand, und sein Gesicht verschwand hinter der Tür, die wieder laut verriegelt wurde.

Also doch die Heizungsanlage, murmelte ich auf dem Weg nach oben. In meiner Wohnung angekommen, zog ich im Arbeitszimmer die Akte aus dem Schrank und blätterte in den Kaufunterlagen. *Na bitte! Ich hatte es richtig in Erinnerung!* Die Verwaltung prahlte mit folgender Anzeige:
Wir sind immer für Sie da: An Sonn- und Feiertagen. Hausverwaltung von 09 bis 09 Uhr:

- *Wir kümmern uns um Ihre Interessen*

- *IMMER in Ihrer Nähe erreichbar*

- *Fit bei der Bestandspflege und Werterhaltung*

- *Tag-und-Nacht-Notdienst*

Wir sind für Sie da! Versprochen!

Da stand's schwarz auf weiß: Wir sind IMMER für Sie da. Ebenfalls sonntags! *Wer sagt's denn.* Mein anfängliches Zögern verflog, und ich drückte die eingespeicherte Nummer des Verwalters.

»Guten Tag. Sie sprechen mit der Hausverwaltung Krause, Sie sprechen mit Frau Krause. Was kann ich für Sie tun?« *Oh!* Zu meinem Erstaunen meldete sich weder die Tante noch die Tochter oder er, denn deren Stimmen kannte ich bestens, sondern – seine Gattin? Damit hatte ich nicht gerechnet »Ja, hallo. Hier ist Winter«, antwortete ich verblüfft. Auf der anderen Seite blieb es ruhig. Aufmerksam lauschte ich in die Muschel und hörte tiefes Atmen. Ich konnte förmlich spüren, wie es in ihr arbeitete.

»Hören Sie, es geht um die Heizung im Objekt Niederrad.«

»Ja, und?« antwortete sie kühl.

»Na, die ist ausgefallen.«

»Wirklich?«

»Ja! Und wer sind Sie?« Meine Stimme erhob sich leicht.

»Die Ehefrau. Ich helfe beim Sonntagsdienst aus«, antwortete sie süffisant.

»Aha! Bitte hören Sie, die Heizung ist im Haus komplett ausgefallen.«

»Frau Winter. Bei uns hat sich niemand beschwert. Sie sind immer die einzige, die was will!«

»Was? Das stimmt nicht! Gerade habe ich mich persönlich mit Herrn Fröhlich unterhalten. Persönlich! Er erzählte mir, er hätte vor knapp zehn Minuten bei Ihnen angerufen, um …«

Weiter kam ich nicht. Mit emotionsloser Stimme schnitt sie mir das Wort ab und zischte: »Sie sind der größte Arsch der Welt …« Es knackte in der Leitung. Sie hatte aufgelegt! *NEIN!* Das Telefon hing in meiner Hand und sank neben den Aktenordner. *Was hat sie gesagt? Ich bin ein großes …* Irritiert drehte ich mich um. Das Laminat knarrte leise. Ich fuhr mit der Hand durch die Haare und ging in die Küche. Tastend fingerte ich nach dem Zigarettenpäckchen in der hinteren Küchenschublade, zündete mir eine an und nahm einen tiefen Zug. *Meine Güte, die schafft es sogar, daß ich wieder eine rauche, obwohl ich aufhören wollte. Verflixt!* Eine Zigarettenlänge starrte ich aus dem Küchenfenster und drückte den Stummel sorgfältig im Aschenbecher aus. Es kam mir wie eine Ewigkeit vor. Nachdenklich ging ich ins Arbeitszimmer zurück und fixierte das Telefon auf der Glasplatte. Unschlüssig verschränkte ich meine Arme vor der Brust. Sollte ich noch mal anrufen? Oh Mann. *Du hast dich bestimmt verhört, so was sagt keiner!* versuchte ich mich zu beruhigen. Trotzig griff ich zum Hörer. Eventuell geht ER ran?

»Ja, Verwaltung Krause. Was wollen Sie noch, Frau Winter?« *Oh! Sie schon wieder!* »Ja, hallo. Hier ist noch mal Winter …«, doch bevor ich Luft holen konnte, rief sie mir mit schriller Stimme entgegen: »Sie können mich mal am Arsch lecken!« und knallte den Hörer auf. *WAS?* Ich hatte mich nicht verhört. Mein Herz sprang in mir bis zum Hals. Das kann nicht wahr sein! Zuerst läßt ER mich mit dieser verfluchten Heizungssache hängen, dann muß ich mir diese bodenlose Frechheit seiner Gemahlin anhören. Ich kenne sie nicht mal. Sie mich, oder wie? Wütend knallte ich den Hörer auf den Schreibtisch und schlug mit Wucht den Aktenordner zu. Die Glasplatte wackelte gefährlich. Meine Güte, was für eine gossensprachige Person! Meine Nerven flatterten. Das gibt's nicht! Ich war Eigentümerin einer super gestylten, aber eiskalten Behausung und sollte vom Wohlwollen einer Verwaltung abhängig sein? In mir kroch ohnmächtige Wut hoch. Meine Behausung kam mir gar nicht mehr so kühl vor.

Erst Tage später konnte ich meine Emotionen halbwegs zügeln. Ich war zornig und gleichzeitig entsetzt, denn die schamlose Ehefrau hatte mich in meinen Grundwerten von Ethik und Moral zutiefst erschüttert. Mißmutig starrte ich in den flackernden Fernseher. »Ich kann diese Unverfrorenheit unter keinen Umständen auf mir sitzen lassen!« murmelte ich und wippte im Sekundentakt mit dem Fuß. Ich mußte reagieren. Allerdings wie? Tough? Ironisch? Ich sprang vom Sessel auf und schickte folgende E-Mail:

Sehr geehrter Herr Krause,
hinsichtlich meines Telefonats mit Ihrem Büro, am vergangenen Sonntag, um 15.05 Uhr, Anrufannahme durch Frau Krause, möchte ich folgendes festhalten:
Die Aussage Ihrer Gattin, ich sei der größte A...h der Welt, muß ich entschieden zurückweisen. Sie dürfen mir glauben, Herr Krause, ich kenne weitaus größere!
Da Ihre Frau unser Gespräch abrupt beendet hatte, rief ich erneut an und erhielt ihr schlüpfriges Angebot: »Sie können mich mal am A...h lecken.«
Auch dieses Angebot lehne ich entschieden ab!
Herr Krause, informieren Sie Ihre Ehefrau darüber, daß Sie eine Eigentümergemeinschaft verwalten und keinen Swinger-Club! Und bitte halten Sie Ihre Frau zurück, mich mit Ihren Begehrlichkeiten zu belästigen.
Verhalten Sie sich zukünftig wie eine professionelle Hausverwaltung und antworten Sie auf meine Fragen!
Mit freundlichen Grüßen
Anna Winter

Zeilenweise überflog ich den Inhalt. Dann drückte ich behutsam den Sende-Button. Mit einer Zigarette im Mundwinkel lehnte ich mich auf dem Stuhl zurück und verschränkte lächelnd die Arme hinter dem Kopf.

Die Tage flogen an mir vorbei, und ich vergaß die Mail an den untätigen Verwalter und seine angriffslustige Ehefrau. Zufrieden stellte ich wärmende Heizkörper in meinen Räumen fest, lauwarm – aber immerhin, sie funktionierten. Anscheinend passierte etwas im Hintergrund, doch ich stellte mir schon lange nicht mehr die Frage, warum ER mich nicht darüber informierte.

Noch zwei Tage bis Heiligabend. Tom, seine Frau Lena und ich hatten eine Schneewanderung im Taunus gemacht, und ich freute mich auf mein restliches Wochenende. Schneeverwehungen erschwerten die Einfahrt in die Garage. Ich stellte den Wagen ab, drückte den Transponder, und das Tor verriegelte sich leise. Meine Beine waren bleischwer. Gähnend schlitterte ich auf den Hauseingang zu und dachte: *Wer ist eigentlich für das Schneeräumen zuständig? Unser fegende Herr Schneider?* Bei dem Gedanken mußte ich grinsen. Am Briefkasten angekommen, öffnete ich mein Fach und zog einen Umschlag hervor. *Ein Einwurfeinschreiben?* Ich spähte auf den Absender. *Endlich! Eine Information zur Heizung?* und riß den Umschlag auf:

Sehr geehrte Frau Winter,
bitte unterlassen Sie es zukünftig, beleidigende Mails an mich und meine Ehefrau zu senden. Dies ist obszön und widerwärtig!
Hiermit erteile ich Ihnen eine Abmahnung.
Mit freundlichen Grüßen
Verwalter Krause

Schlagartig war die Müdigkeit verschwunden. Schneeflocken verwischten die Buchstaben und das verwaschene Schriftstück hing in meiner Hand. Was bitte schön war an meiner Mail beleidigend? Er tut nichts! Er informiert mich nicht! Dann beleidigt mich seine Frau, und ER erteilt mir eine Abmahnung? Meine Hände zitterten vor Zorn. Zwanzig Jahre hatte ich unbeschwert zur Miete gewohnt, und als Eigentümerin sollte ich nun Ärger mit einem Dienstleister bekommen? Außerdem, was bedeutete das: Abmahnung durch den Verwalter? Das wollte ich natürlich wissen und recherchierte im Internet: »Eine Abmahnung ist generell das Mißbilligen eines Pflichtverstoßes, wie Störung des Hausfriedens unter Androhung einer Sanktion, zum Beispiel Entziehung der Eigentumswohnung bei häufiger Wiederholung«. *Was, bitte schön, hat das mit meiner Mail zu tun? Ich störe keinen Hausfrieden. Vielleicht hätte ICH den Verwalter und seine obszöne Gattin abmahnen sollen?* Ich googelte weiter: »Einem Eigentümer kann laut Wohnungseigentumsgesetz (WEG) die Eigentumswohnung entzogen werden, wenn er trotz Abmahnung erneut gegen § 14 WEG verstößt. Die Abmahnung kann durch den Verwalter erteilt werden«. Ich starrte auf die Zeilen. *Und was besagt § 14?* Ich tippte die besagten Ziffern ein. *Ah!* Es bezieht sich auf die im Sondereigentum stehenden Gebäudeteile und las weiter: »Sie ist so instand zu halten und so zu gebrauchen, daß dadurch keinem anderen Wohnungseigentümer, über das normale zusammenlebende Maß hinaus, ein Nachteil entsteht«. *Hallo? Es geht hier um die Wohnung beziehungsweise mögliche Umbauten in meiner Wohnung! Die Abmahnung ist vollkommen absurd! Er verdreht die Tatsachen und mißbraucht seine Verwalterkompetenzen! Was ist das für ein unseriöser Mensch?*

Nach diesem Schlagabtausch mit meinem unverschämten Verwalter stand meine erste Eigentümerversammlung im Januar 2011 an.

6 Meine erste Eigentümerversammlung

Freitagabend. Mein Herz pochte schneller als sonst, denn heute fand meine erste außerordentliche Eigentümerversammlung in der Vereinsgaststätte »Zum Goldenen Hirsch« statt – mit dem Schwerpunkt: Heizungsanlage. Sicherlich können Sie sich vorstellen, wie ich triumphierte, als ich das Einladungseinschreiben vor knapp zwei Wochen in der Hand hielt, oder? Wie so eine Versammlung ablief, wußte ich nicht genau. Auch hatte ich vergessen, Tom danach zu fragen, doch eines hatte ich mir fest vorgenommen: den Verwalter mit seiner Heizungs-*Un*tätigkeit und seinem impertinenten Verhalten zu konfrontieren.

Ich griff nach der Klinke der Gaststättentür und zog kräftig daran. Sie war leichtgängig, rutschte mir aus der Hand und schlug an die Rückwand der Außenmauer. »Oh, sorry!« raunte ich und stand mit einem Schritt auf den breiten Dielenbohlen des Gastraums. Beißender Geruch von Knoblauch und Fisch flog mir entgegen. Allmählich gewöhnten sich die Augen an das schummrige Licht. Der Gastwirt stand bierzapfend hinter dem Tresen. Beim Knall flog sein Kopf zu mir herüber. »'n Abend«, brummte er und wandte sich wieder dem Bierglas zu, um es nicht überlaufen zu lassen. Die gegelten Haare waren straff zurückgekämmt, und sein Pferdegesicht wirkte dadurch noch länger. *Mm, die besten Jahre liegen auch schon lange hinter ihm,* überlegte ich, scannte den Raum und registrierte fünf Tische und in der Ecke eine Sitzbank. Lediglich die Hälfte war mit Gästen besetzt, für einen Freitagabend äußerst spärlich. Die Tische trugen einen blauweißen Deckenüberwurf und sollten einen griechischen Touch vermitteln, doch die ursprünglich hessische Kneipe ließ sich nicht vertreiben.

Der Bierzapfer stellte das Glas zur Seite, schielte zu mir herüber und babbelte im tiefsten Hessisch: »Sie wollen bestimmt zur Versammlung, gell? Gehen Sie den Gang runter. Immer geradeaus.« Mit einem Nicken deutete er zum Flur. »Ja. Danke!« rief ich knapp zurück und folgte seiner zuckenden Geste. Am Ende des Ganges stand ich am Eingang eines Raums. Leises Stimmengewirr wehte mir entgegen, und ich trat ein. Im Saal stand eine u-förmige Bestuhlung. Ich sah mich um. Da, das mußte er sein. Er saß auf einem Stuhl, nein, er thronte an einem quergestellten Tisch am Kopfende mit stolzgerecktem Haupt, umringt von zwei Damen. Ich betrachtete ihn. Er entsprach gar nicht der Person, die ich mir vorgestellt hatte. Die samtweiche Radiostimme paßte nicht zu ihm.

Er war im besten Rentenalter, dickwanstig, mit einer Halbglatze. Sein schmaler Haarkranz war dunkel gefärbt. Die altmodische goldene Brille war viel zu groß und verdeckte nahezu sein gesamtes grobporiges Gesicht. Seine verwaschene braune Cordjacke spannte sich gefährlich über seinem Bauch, der sich eng gegen die Tischkante preßte. Er erinnerte mich an alles, aber nicht an einen Hausverwalter. Zu seiner Linken saß eine ältere Dame, seine Tante, rechts neben ihm eine deutlich jüngere – demnach seine Tochter oder Ehefrau? *Nein, Tochter, die ist zu jung*, grübelte ich kurz. Mit raumgreifenden Schritten ging ich quer durch den Saal auf das Dreigestirn zu.

»Guten Abend. Winter, mein Name.« Abwartend sah ich auf die drei hinab. Die schlohweiße Dame bewegte sich.

»Hallo, liebe Frau Winter. Schön, daß wir uns endlich persönlich kennenlernen.«

»… Ja, daß finde ich auch!« meinte ich verhalten und schüttelte ihre schlaffe Hand. Ich schaute sie an. Mit gesenktem Blick schob sie mir ein Blatt Papier samt Kuli über den

Tisch entgegen und sagte: »Bitte unterschreiben Sie auf der Anwesenheitsliste.«

»Wo? Ah, da ... So, bitte schön.« Ich schob ihr den Zettel zurück. »Sagen Sie, warum haben Sie mein Anliegen wegen der Heizung nicht weitergeleitet?« Ich blickte sie herausfordernd an.

Ein Lächeln huschte über ihr zerklüftetes Gesicht. Ihre Augen wirkten müde. Sie griff wortlos nach der unterschriebenen Anwesenheitsliste. »Würden Sie mir bitte antworten?« Doch die Frau reagierte nicht. *Hm, dann nicht*, dachte ich stirnrunzelnd. Die Dame im Augenwinkel behaltend, drehte ich mich halb zum Verwalter um. *Dann eben zu Ihnen!* Seine speckige Halbglatze glänzte im Neonlicht. Vielleicht spürte er meinen Blick, denn er wandte sich zeitlupenartig zu mir um. Er legte seinen breiten Schädel in den Nacken und musterte mich. UND – er nickte mir zu. Das war's! Kein »Guten Abend, Frau Winter. Es tut mir leid!« oder »Dies war alles ein Mißverständnis!« Nichts! Er sah durch mich hindurch. *Hallo!* Unmut kroch in mir hoch, und ich redete los: »Herr Krause. Sagen Sie, warum arbeiten Sie so unprofessionell? Warum bekomme ich eine grundlose Abmahnung von Ihnen? Wieso reagieren Sie nicht auf meine Mails und Postzuschriften? Warum beleidigt mich Ihre Frau?« Ich sprach im kontrollierten Stakkato und fixierte ihn. Ein Mittvierziger stand dicht neben mir und guckte mich irritiert an. Flugs drehte er sich um und vertiefte sich in gebückter Haltung in das Unterschreiben auf der Anwesenheitsliste.

»Herr Krause! Warum sagen Sie nichts?« raunte ich erneut in seine Richtung. Er lehnte sich auf seinem Stuhl zurück. Aufgrund der plötzlichen Tischfreiheit dehnte sich sein wuchtiger Bauch aus. Dann verschränkte er seine Arme vor der Brust und versteckte seine braunen Augen tief hinter seiner

Brille. Er wollte in keine Diskussion verwickelt werden, nicht hier und jetzt. *Na gut*, dachte ich und zügelte meine aufziehende Mißstimmung. *Dann stelle ich Sie eben nach der Versammlung zur Rede!* Schwungvoll drehte ich der Verwaltungs-Dreifaltigkeit meinen Rücken zu. Mit einem Seitenblick erspähte ich einen freien Stuhl und setzte mich zu den anderen. Die meisten kannte ich flüchtig aus dem Haus, für die wenigsten hatte es jedoch für eine Plauderei gereicht. Dem einen oder anderen nickte ich aufmerksam zu. »Ach, hallo, Herr Fröhlich«, sagte ich und hob die Hand zur Begrüßung. Abwartend legte ich die verschränkten Hände auf den Tisch. Pünktlich eröffnete der Versammlungsleiter die Sitzung.

»Guten Abend, liebe Eigentümer. Ich darf Sie recht herzlich zu unserer außerordentlichen Versammlung in diesem Jahr begrüßen«, begann er mit seiner klangvollen Stimme, die ich mit dieser Gestalt nicht in Einklang brachte. Er schaute von einem zum anderen und fuhr mit seiner Begrüßungsrede fort. Nach einer knappen Viertelstunde kam er zum Ende: »… ich freue mich, daß Sie alle so zahlreich erschienen sind.« *Was ist das für ein Gefasel?* Mich überkam das Gefühl, als hätte er jeden im Raum persönlich begrüßt.

»Wir kommen nun zum Tagesordnungspunkt zwei: Zwischenbericht des Verwalters«, säuselte er, und ich hoffte, er würde nun zügiger durch diesen Punkt führen, aber weit gefehlt. Er begann mit der Ausführung zur Übernahme der Abrechnungsunterlagen vom Vorgänger. Wie schwierig es war, die Struktur zu erkennen, daß Abrechnungsunterlagen fehlten, Positionen falsch gebucht waren, und bald fabulierte er berauscht über die restlichen Tätigkeiten, die er seit einem knappen Jahr als Verwalter erbracht hatte. Es war nahezu körperlich spürbar, wie abgöttisch er sich liebte! Mit verklärtem Gesichtsausdruck schweifte sein Blick in die Runde, er machte

Pausen und führte nahezu staatsmännisch seinen Monolog weiter. Ich war erstaunt. Keiner der Anwesenden unterbrach ihn und stellte Fragen. Ich schüttelte den Kopf. *Nun komm endlich zum Schluß!* dachte ich, und meine Finger klackten auf den Tisch. Nach einer nicht enden wollenden Dreiviertelstunde Redeschwall konnte ich mich nicht mehr zügeln und fiel ihm ins Wort. »Herr Krause, können Sie nun endlich was zum Tagesordnungspunkt drei, Heizungsanlage, sagen?« Der Verwalter blickte mürrisch zu mir hinüber. Nach einer pathetischen Pause raunte er mir zu: »Bevor Sie reden, Frau Winter, melden Sie sich bitte mit Handzeichen – und ja, gleich.« Dann kippte er seinen Schädel in die Nackenlage und setzte berauscht seinen Monolog fort.

Ich beobachtete meine Sitznachbarn, die förmlich an seinen Lippen klebten und dieser stattlichen Stimme gebannt zuhörten. Er redete und redete. Der Monolog plätscherte vor sich hin. Ich hörte ihm gar nicht mehr zu, und meine Gedanken drifteten ab. »Und nun kommen wir zu Tagesordnungspunkt drei, Heizungsanlage.« *Oh. Mein Stichwort.* Ich war hellwach.

»Liebe Gemeinschaft, ich muß Ihnen leider mitteilen, Ihre Heizungsanlage ist defekt. Es muß eine neue gekauft werden!« *Na bitte. Die Heizung ist kaputt!* Innerlich ballte ich die Faust. Dann verdrehte er entrückt den Kopf und faselte darüber, wie aufopfernd er sich wochentags, sogar am Wochenende, eingesetzt hatte, um die Anlage mit Heizungsmonteuren notdürftig zu reparieren. Ich traute meinen Ohren nicht. Was redet der da? Warum hatte er mir das nicht mitgeteilt? Wieso dieses Hinhalten und diese Spielchen? Das wollte ich wissen und reckte meine Hand zur Wortmeldung in die Höhe.

Herr Krause verharrte eine Sekunde, als würde er darüber nachdenken, mir das Wort zu erteilen, und glitt erneut in seine glorifizierende Erzählung zur defekten Heizung ab. »Es reicht!« schnaufte ich und wollte gerade seinen Redefluß unterbrechen. Doch dazu kam es nicht mehr, denn der Teilnehmer Herr Schulze, seinen Namen hatte ich erst später erfahren, unterbrach ihn mit lauter Stimme. »Herr Versammlungsleiter, seit einer Stunde labern Sie uns voll. Warum erzählen Sie uns diesen Kram zum hundertsten Mal. Kommen Sie endlich zum Punkt, Herrgott noch mal!«

Bühnenreif drehte der Verwalter den Kopf, schaute mich an, danach Herrn Schulze. Nie werde ich den Ausdruck in seinen Augen vergessen, den er uns zuwarf, als wollte er sagen: »Kritik lasse ICH nicht zu.« Mir war klar: er hatte uns als seine Abweichler identifiziert!

7   Die Verleumdung

Die seltsame Versammlung lag nun mehrere Wochen zurück. Gelegentlich tauchte der Verwalter mit seinen kalten Augen vor mir auf. Was hatte dies zu bedeuten?

Schnell schob ich die Gedanken zur Seite. Trotz allem hatten wir an diesem Abend mehrheitlich beschlossen, eine neue Heizungsanlage zu kaufen. Hierüber war ich sehr erleichtert und wahrscheinlich begünstigte das gut gefüllte Rücklagenkonto diese Entscheidung, denn wir mußten keine Sonderumlage bezahlen. Wie dem auch sei: Nachdem die Heizungsfirma die Anlage im Februar installiert hatte, war meine Wohnung wohltemperiert, und der Temperaturmesser verschwand endgültig in der untersten Wohnzimmerschublade.

An einem frühsommerlichen Nachmittag im Mai saßen meine Freunde und ich auf harten Holzbänken einer Apfelweinwirtschaft am »Höchster Marktplatz«. Susi und Justus prosteten mir augenzwinkernd zu. Ihrer Meinung nach war ich in den Club der Wohnungseigentümer aufgestiegen. (Vielleicht waren sie auch nur dankbar, sich keine weiteren Geschichten über lärmende Nachbarn anhören zu müssen?) Reserviert lächelte ich zurück, denn ich wollte nichts von den Eskapaden mit meinem anmaßenden Verwalter preisgeben – noch nicht. Nur Tom war im Bilde. Er erhaschte meine Augen.

»Mensch, Anna, an deiner Stelle würde ich mir keine Gedanken machen. Vergiß die Verwaltung und die Unverschämtheiten!«

»Meinst du?«

»Ja!«

»Vielleicht hast du recht. Ich denke, der holprige Start wird sich legen. Außerdem – die Sache mit der Heizung ist ja erledigt!« erwiderte ich auftauend.

»Genau! Warum sollten sie sich weiter mit dir beschäftigen? Ist doch nur Mehraufwand für die!«

Tja, Tom und ich hatten die Rechnung ohne den »Meister« gemacht. Er nahm genüßlich Fahrt auf …

Am Arbeitsplatz – Juli 2011

Die Klimaanlage war defekt. Stickige Luft stand unerbittlich in meinem Büro. Die Monteure hatten mehrfach versucht, die Hausanlage zu reparieren, doch angeblich fehlte noch immer ein wichtiges Ersatzteil. Jedenfalls war es unerträglich warm im Raum. Mit einem Schreibblock versuchte ich mir wedelnd ein wenig Erleichterung zu verschaffen. Nur mühsam konnte ich mich auf die Statistik konzentrieren und freute mich auf den baldigen Feierabend.

»Hey, Anna. Ein Fax für dich«, und schon rutschte das Blatt Papier über den Schreibtisch auf mich zu. Elli war bereits davongeeilt, als ich das Blatt in meinen Händen hielt und las:

Sehr geehrte Frau Winter,
ich möchte Sie darüber in Kenntnis setzen, daß wir bedauerlicherweise feststellen mußten, daß Sie seit drei Monaten mit Ihren Hausgeldzahlungen im Rückstand sind.
Wir möchten Sie dringend bitten, den Betrag über 1.050 € auf das Ihnen bekannte Konto innerhalb von zwei Wochen zu überweisen.
Mit freundlichen Grüßen
Verwalter Krause

Was schreibt der da? Ich soll meine Hausgeldrückstände bezahlen? Es gibt keine! Die Buchstaben schwirrten vor meinen Augen. Ich sprang auf, dabei knallte der Stuhl gegen die Bürowand. Mein Herz klopfte im Sekundentakt, und ich las erneut die Zeilen. *Warum schickt er mir dieses Schreiben nicht nach Hause? Und woher weiß der eigentlich, wo ich arbeite?* Ich atmete tief ein und aus und raufte mir die Haare. Jetzt geht das Theater schon wieder los. Ich erinnerte mich an das anzügliche Verhalten seiner Frau und ihre Unverfrorenheit. *Was ist das für eine unseriöse Verwaltung?* Am liebsten hätte ich das Fax zerrissen. Nur unter Mühen stopfte ich es in die Aktentasche und rückte den Stuhl gerade. Verloren stand ich im Büro. *Ich muß hier raus. Es reicht!* Mein Körper stand in Flammen.

Im Wohnzimmer sorgte der Deckenventilator für eine angenehme Kühle. Adrenalin pumpte sich in Wellen durch meinen Körper. Erregt saß ich im Sessel und starrte immer wieder auf das Fax dieses Lügners. *Wie reagiere ich am besten? Dieser verlogene Mensch!* Ich sprang auf und hastete ins Arbeitszimmer, schaltete das Notebook ein und verfaßte folgende Botschaft als E-Mail:

Sehr geehrter Herr Krause,
ich möchte Sie darauf aufmerksam machen, daß die Prüfung der mir vorliegenden Jahresabrechnung 2010 und auch die Prüfung meiner Bankunterlagen ergeben hat, daß ich keine Hausgeldrückstände habe! Logischerweise überweise ich Ihnen keinen Betrag!
Vorsorglich weise ich Sie darauf hin, daß Sie über meine sämtlichen privaten Kontaktdaten, wie Telefon, Fax und E-Mail, verfügen, unter denen Sie mich erreichen können. Unterlassen Sie es zukünftig, mir Briefe, Faxe o. ä. an meinen Arbeitsplatz zu schicken!
Mit freundlichen Grüßen
Anna Winter

Hiermit war diese Schmierenkomödie für mich beendet. Ich fuhr den Rechner herunter. Dabei blitzte ein Gedanke auf: Was ist, wenn er weitermacht? Plötzlich überkam mich ein ungutes Gefühl – und es sollte sich bewahrheiten.

»Hallo, Kollegin. Hier ist ein Fax für dich.«

»Danke. Welcher Kunde?«

»Oh, ist kein Kunde.«

»Nicht? Zeig mal her, bitte.«

Mir stockte der Atem. Schon wieder ER. Nach nur drei Tagen! Erneut forderte er mich auf, die Rückstände zu begleichen, und er würde ein gerichtliches Mahnverfahren einleiten, sollte ich nicht zahlen. Vor Wut verschwammen die Zeilen vor meinen Augen. *Es gibt keine offenen Beträge, und das hat er nicht nachgewiesen. Oh Mann, was für ein Schlamassel. Hundertprozentig hat Georg alles gelesen. Mein Ruf!* Dies blitzte in Sekundenschnelle in mir auf. Das zerknitterte Fax hing in meiner Hand, und ich sackte auf den Bürostuhl. Die Klimaanlage rauschte. *Wie kann ich diesen Mann nur stoppen? Der will mich fertigmachen,* schrie ich innerlich. Minuten später beugte ich mich über den Bürotisch und hielt den Hörer in der Hand. Gerade wollte ich Toms Nummer wählen, da fiel mir ein, daß er bereits im Spanienurlaub war. Wie in Trance landete der Hörer wieder auf der Station. *Ich brauche Hilfe!* Zum ersten Mal in meinem Leben wandte ich mich an einen Rechtsanwalt.

Beim Rechtsanwalt

»Guten Tag, Frau Winter.« Der junge Mann begrüßte mich mit einem Lächeln und schüttelte meine Hand. Mit einer einladenden Handbewegung bat er mich, in seinem Büro Platz zu nehmen. Ich ließ mich in einen schmalen Sessel fallen, der vor seinem schwarzlackierten Schreibtisch stand, versank im bequemen Polster und betrachtete ihn. Er war schätzungsweise Anfang dreißig und trug eine dunkle Nickelbrille. Sie paßte wunderbar zu seinem kantigen Gesicht und den schwarzen Haaren. Sein dunkelblauer Anzug war klassisch geschnitten und glänzte leicht am Knopfrevers.

»Sie hatten mir telefonisch flüchtig Ihre Situation geschildert. Na, dann erzählen Sie mal.« Erwartungsvoll schaute er mich über seinen Schreibtisch an.

»Ja, also ...«, sammelte ich mich und begann, ihm vom Dilemma mit meinem Verwalter zu berichten: dem unerlaubten Zusenden persönlicher Informationen an meinen Arbeitsplatz und den verlogenen Behauptungen über angeblich nicht bezahlte Hausgelder. Zudem konnte ich es mir nicht verkneifen, seine unflätige Gattin und seine absurde Abmahnung zu erwähnen.

»Oh, daß es so etwas gibt!« Er krauste seine faltenfreie Stirn. Im Internet hatte ich gelesen, daß er das zweite Staatsexamen kürzlich absolviert hatte, und dennoch, oder besser gesagt, weil er nicht viel Praxiserfahrung hatte, hoffte ich auf seinen jugendlichen Ehrgeiz und seine Fachkompetenz im WEG. (Anmerkung: Das *W*ohnungs*e*igentums*g*esetz regelt das Wohnungseigentumsrecht. Im WEG sind beispielsweise Bestimmungen zur Entstehung von Wohnungseigentum, zum Gemeinschafts- und Sondereigentum, zur Verwaltung, zur Eigentümerversammlung und zur Beschlußfassung enthalten. Das WEG ist die Fibel bei gerichtlichen Auseinandersetzungen.)

Er rückte seinen Stuhl zurecht und lehnte sich leicht über den Schreibtisch vor. »Es liegt auf der Hand. Hier handelt es sich um einen Verstoß gegen den Datenschutz und den Tatbestand der Verleumdung.« Er griff nach einem Fachbuch, blätterte darin und las vor. »Wer wider besseres Wissen gegenüber einem anderen unwahre Tatsachen behauptet und/oder verbreitet, kann zu einer Freiheitsstrafe bis zu zwei Jahren oder zu einer Geldstrafe verurteilt werden.« Er legte den Wälzer zur Seite und sagte: »Wir fordern ihn auf, es zu unterlassen, Ihren Arbeitgeber anzuschreiben. Außerdem soll er ausschließlich mit Ihnen über die bekannten Kontaktdaten kommunizieren.«

»Klingt gut!«

»Und nun muß ich Sie fragen, Frau Winter: Ist seine Beschuldigung korrekt, daß Sie Ihre Gelder nicht bezahlt haben?«

»Nein. Natürlich nicht!« schnaubte ich leise und hielt seinem Blick stand »Ich habe die aktuelle Jahresabrechnung überprüft, da gibt es keine Differenzen. Und – bitte schön: Hier sind die Kontoauszüge mit den entsprechenden Überweisungen.« Ich schob ihm die Unterlagen zu. »Er will mich provozieren, oder was auch immer!«

Der Anwalt nahm die Auszüge entgegen und blätterte sie aufmerksam durch. »Sie haben doch alles ordnungsgemäß überwiesen. Das ist ja ein starkes Stück!« Er blickte mich an.

»Sag ich doch!«

»Gut. Dann fordern wir ihn ebenfalls auf, es zu unterlassen, Behauptungen über angeblich nicht bezahlte Hausgelder zu verbreiten.«

»Sehr gut!« Ich zögerte. »… und Sie glauben, Ihr Schreiben reicht aus, um ihn zu stoppen?«

»Selbstverständlich!«

»Gut. Dann machen wir es so. Sie sind der Experte.«

Ich stützte mich auf den Armlehnen ab und hievte mich aus dem Polster. Sein Büro war spartanisch in schwarz-weißen Farben gehalten. Zwei moderne Sitzmöbel standen an der Rückwand des Büros, und an den Wänden hingen Posterdrucke im modernen Stil. »Gefällt mir! Kühl und sachlich«, stellte ich beiläufig fest. Wir verabschiedeten uns mit einem festen Händedruck.

Bereits drei Tage später hielt ich eine Kopie der Unterlassungsaufforderung in den Händen. »Sehr schön formuliert«, murmelte ich und spürte Hoffnung in mir aufsteigen und gleichzeitig ein großes Unbehagen: Wie wird ER reagieren? Hält er sich endlich an die ordnungsgemäßen Verwaltungsregeln?

Das prekäre Schreiben – August 2011

Endlich Freitagabend. Wie jeden Tag nach Büroschluß stand ich vor der Briefkastenanlage an und sperrte mein Fach auf. Der Inhalt rutschte mir entgegen, und ich fing den Stapel geschickt auf. Aus dem Knäuel lugte ein Umschlag aus hochwertigem Papier hervor. Ich zupfte ihn heraus und schielte auf den Absender. Mm! *Was wollen die denn von mir?* überlegte ich, verschloß mein Fach und sortierte das Bündel. Bedächtig bewegte ich mich auf den Hauseingang zu und zögerte, ob ich ihn öffnen sollte.

»Guten Abend, Frau Winter.« Ich schaute auf.
»Hallo, Herr Fröhlich. Danke fürs Aufhalten.«
»Dafür nicht. Schönen Abend.«
»Danke. Ihnen auch.«

Besser, ich lese das Schreiben in Ruhe. Argwöhnisch fixierte ich den Umschlag und ging zum Aufzug. In der siebten Etage angekommen, huschte ich in die Wohnung und stieß die Aktentasche in die Flurecke. Der Trenchcoat und der Papierstapel landeten auf dem Sideboard. Im Arbeitszimmer tastete ich nach dem Brieföffner im Schrankregal, setzte ihn vorsichtig an, um den Umschlag nicht zu zerfleddern, und ging ins Wohnzimmer hinüber.

Vorsichtig faltete ich das Papier auseinander. »Sehr geehrte Frau Winter ...« Ich überflog die Zeilen und hing schlagartig an einem Satz fest »... möchten wir Sie bitten, dafür Sorge zu tragen, daß Ihre Hausverwaltung Krause die Geschäftsführung unseres Hauses nicht länger belästigt.« *Was?* Die Beine versagten mir und ich sackte in den Sessel. Ich riß am Kragen der Bluse und schnappte nach Luft. *So eine böswillige Person!* Er hatte die Geschäftsführung der Firma, für die ich arbeite, über all dieses verlogene Zeug informiert! Über angeblich nicht bezahlte Rechnungen, unbezahlte Hausgelder und Abmahnungen. *Der setzt sich über alles hinweg, der ist gefährlich*, schrie es in mir. Er schreckt nicht davor zurück, daß ich Probleme im Job bekomme! Mir war speiübel. Ich öffnete die Balkontür, strauchelte nach draußen und atmete tief durch. *Oh Gott, was für ein zynischer und widerwärtiger Mensch!* Im Zimmer zurück tastete ich nach dem Schreiben und ging aufgelöst hin und her! *Wie kann ich ihn aufhalten? Was passiert sonst noch? Wo ist das Handy?* lärmte es in mir. Ich rannte in den Flur und griff nach der Aktentasche. Beim Versuch, es herauszuziehen, fiel es scheppernd zu Boden. *Verflixt!* Ich hob es auf und drückte die Nummer.

»Anwaltskanzlei Graff. Guten Abend.«

»Hier Winter! Sie haben mir VERSPROCHEN, diesen Irren aufzuhalten«, rief ich ihm aufgelöst entgegen.

»Was ist denn passiert?« fragte er unsicher.

»Er hört nicht auf! Er hat meine Geschäftsführung informiert. Er hat all dieses verlogene Zeug über mich geschrieben.«

»Mein Gott! Er hat erneut gegen das Datenschutzgesetz verstoßen und – gegen unsere Unterlassungsaufforderung.« Er klang bestürzt.

»Sag' ich doch. Der muß verrückt sein!

»Beruhigen Sie sich bitte, Frau Winter. Wir werden nun den nächsten Verfahrensschritt gehen, indem wir den Unterlassungsanspruch gerichtlich einfordern – durch eine einstweilige Verfügung.«

»Und was bedeutet das?«

»Die einstweilige Verfügung ist ein scharfes Schwert bei der Durchsetzung von Unterlassungsansprüchen. Da Herr Krause unserer Unterlassungsaufforderung nicht freiwillig entsprochen hat, können wir nun eine einstweilige Verfügung auf Unterlassung bei Gericht einreichen, die innerhalb weniger Tage erlassen wird. Sollte er danach immer noch falsche Tatsachen über Sie behaupten, droht ihm eine empfindliche Geldstrafe.«

»Das hört sich sehr gut an! Und wo reicht man so eine Verfügung ein?«

»Beim Amtsgericht Frankfurt. Zusätzlich haben Sie aber noch die Möglichkeit, Strafanzeige wegen Datenmißbrauch bei der Staatsanwaltschaft zu stellen – wenn Sie wollen.«

»Ja? Das überlege ich mir aber noch!« entgegnete ich ihm aufgeregt.

»Natürlich. Das kann ich gut verstehen.«

»Aber bitte bereiten Sie erst einmal diese Unterlassungsklage vor und reichen Sie sie bei Gericht ein.«

»Das mache ich gerne. Ich schicke Ihnen eine Kopie zu«, meinte er nachdenklich und legte auf.

8 Die Kontaktaufnahme

Ich war aufgewühlt. So viel Dreistigkeit hätte ich dem Verwalter nie zugetraut. Um mich abzulenken, nahm ich die gestapelten Kochtöpfe vom Vortag in Angriff, tunkte sie – inklusive meiner Finger – ins viel zu heiße Spülwasser. Schimpfend ließ ich davon ab und hastete durch die Räume. Immer wieder dachte ich an meinen Rufmörder. Ich glaubte an Gerechtigkeit, und so ein niederträchtiges Verhalten mußte gestoppt werden.

Ich brauche Tom! überlegte ich und linste auf den Wandkalender. *Es ist Samstag. Die beiden müßten aus dem Urlaub zurück sein.* Schon stand ich vorm Schreibtisch, griff nach dem Telefon und wählte durch. Im Sessel sitzend, gab ich mir einen kräftigen Schubs und drehte mich im Kreis.

»Hey, Anna. Schön, daß du dich meldest …«

»Hallo Tom. Du wirst es nicht glauben, was mir passiert ist«, stürzte es aus mir heraus, und ich stoppte den Sessel abrupt mit dem Fuß.

»Nicht so schnell! Um was geht's überhaupt?«

»Na, um den Verwalter!«

»Ach so. Okay.«

»Stell dir vor, der Krause hat mich bei meiner Geschäftsführung denunziert. Hat verleumderisches Zeug über mich erzählt. Ich würde mein Hausgeld nicht bezahlen und so. Er droht mir sogar mit einem Mahnverfahren!« rief ich ihm entgegen.

»Was? Herrje, was für ein Typ!«

»Mein Anwalt und ich haben eine »einstweilige Verfügung auf Unterlassung« gegen ihn beim Amtsgericht eingereicht!« platzte es vor Mitteilungsdrang aus mir heraus.

»Anwalt?«

»Ja. Zum ersten Mal in meinem Leben war ich bei einem Anwalt. ICH!«

»Oje. Hast du ein Pech.«

»Das kann man wohl sagen. Ist euer Verwalter auch so drauf?«

»Nein. Gar nicht!«

»Lieber Tom, vor meinem Kauf hattest Du mit keinem Wort darauf hingewiesen, was da auf einen zukommen könnte!«

»Anna! Das tut mir sehr leid. Aber das konnte ich doch nicht ahnen! Du mußt an einen Exoten geraten sein! So was habe ich noch nie gehört.«

»Ja, ja. Du brauchst gar nicht zu versuchen, dich herauszureden«, sagte ich und machte eine kleine Pause. »Tom. Was soll ich jetzt tun? Allmählich wächst mir die gesamte Situation über den Kopf.« Mein tougher Einstieg war verflogen.

»Hast du mal den Kontakt zu den anderen Parteien im Haus gesucht?«

»Ja, ich habe mit zwei Eigentümern über den Krause gesprochen. Aber die interessieren sich für nichts.«

»Konfrontiere die Gemeinschaft doch mit einem Schreiben. Möglicherweise gibt es Leute, die ebenfalls Probleme mit der Verwaltung haben.«

»Hm. Eine gute Idee. Ja, das überlege ich mir ... Ach, wie war euer Urlaub. Habt ihr euch gut erholt?«

»Laß mal. Das erzähl ich dir ein anderes Mal ... Ich melde mich.«

»Okay. Wenn du magst, halte ich dich auf dem Laufenden.«

»Auf jeden Fall!«

Ich legte auf und spürte Energie in meinen Körper zurückfließen. Tom hatte es auf den Punkt gebracht. Alle mußten über diesen spitzzüngigen Menschen aufgeklärt werden – und vielleicht gab es Leidensgenossen. Das Notebook fuhr schnurrend hoch, und ein leeres Word-Dokument tauchte vor mir auf. Meine Finger schwebten über der Tastatur, bis sie die ersten Buchstaben fanden. Eine halbe Stunde später fertigte ich zwölf Kopien an und verließ meine Wohnung. An den Briefkästen angekommen, warf ich jedem Eigentümer ein Exemplar ins Fach.

Rundschreiben
Sehr geehrte Miteigentümer,
ich möchte Ihnen mitteilen, daß unsere Hausverwaltung Krause unseriös und schikanös ist!
Seine Frau beschimpfte mich telefonisch mit obszönen und anstößigen Worten aufs Übelste, nur weil ich einen Notdienst für die damals defekte Heizungsanlage anfordern wollte.
Er attackierte mich an meinem Arbeitsplatz mit Briefen voller Lügen und Diffamierungen. Er verbreitet Unwahrheiten über mein angeblich nicht bezahltes Hausgeld, was nachweislich nicht stimmt! Er verletzt den Datenschutz und verleumdet mich, so daß ich eine »einstweilige Verfügung auf Unterlassung« gegen ihn beim Amtsgericht Frankfurt beantragen mußte.
Er nimmt weder Anrufe noch Briefe, Mails und Faxschreiben entgegen oder schickt sie mir ungeöffnet zurück.
Sollten Sie ähnliche Erfahrungen gesammelt haben, kontaktieren Sie mich bitte. Gemeinsam können wir ihn zur Rede stellen!
Mit freundlichen Grüßen
Anna Winter

Die Tage verstrichen. Ungeduldig wartete ich auf ein Zeichen. Es mußte Betroffene geben!

Täglich traf ich Mitbewohner im Innenhof an, doch sie schlichen mit gesenktem Blick an mir vorüber. Sprach ich sie direkt an, was sie vom Verwalter hielten, blieb es bei einem knappen »Oh, ich weiß nicht – einen schönen Tag noch.« *Was sind das für ignorante Leute hier?* Ich war enttäuscht und hakte die Aktion als gescheitert ab, bis zu dem Tag, als eine Rückmeldung in meinem Postkasten lag. EINE! Dies war ein handgekritzelter Dreizeiler:

Wir sind mit der Verwaltung zufrieden. Herr Krause ist der Beste, den wir uns vorstellen können. Er tut alles für die Gemeinschaft! Bitte unterlassen Sie es, uns damit zu belästigen!

Meine Hand klatschte gegen die Stirn. *Hallo? Wer ist wir?* Anonym. Keine Unterschrift! *Wieso zufrieden? Was tut er denn für die Gemeinschaft?* Ich zerknüllte den Schnipsel in der Hand. Diese Enttäuschung raubte mir die letzte Illusion. Gab es keine Mitstreiter? Ich grübelte:

Im vierten Stock wohnt ein Yuppie-Paar, die ihre Behausung als »Edel-Absteige« bezeichnen, zumindest steht dies auf deren Fußmatte im Flur. In ihrem Alter hatten sie Unterhaltsameres zu tun, als sich mit einer Verwaltung auseinanderzusetzen. Okay, mit deren Hilfe konnte ich nicht rechnen. Abgehakt.

Im Erdgeschoß, im dritten und fünften Stock wohnen Eigentümer, mit denen ich bisher kein Wort gewechselt habe. Herr Fröhlich und unser Hausmeister entpuppen sich ebenfalls nicht als Kämpfer. Sie alle wollen ihre Ruhe haben!

Meine Laune sank auf den Nullpunkt. Nein, diese Personen waren keine Kampfgenossen – im Gegenteil. Ich erinnerte mich an die letzte Versammlung, die hingen förmlich an seinem heuchlerischen Verwalter-Schandmaul! Eine Ewigkeit starrte ich vor mich hin und stutzte. *Moment! Da gibt es einen. Wie heißt der noch? Ja, Schulze aus der Versammlung.* Ich huschte ins Arbeitszimmer und kramte nach dem Aktenordner. In den Kaufunterlagen suchte ich nach der Eigentümerliste und fand seine Telefonnummer. Er wohnte nicht im Haus. Was hatte ich zu verlieren?

9 Mein Mitstreiter

»Ja?« dröhnte es in den Hörer.

»Hallo, Herr Schulze? Hier ist Winter! Können Sie sich an mich erinnern?« Kerzengerade stand ich vor dem Schreibtisch.

»Was? Wer sind Sie?« raunte er griesgrämig in den Hörer.

»Na, Winter – aus der Eigentümerversammlung vom Objekt Niederrad.« Im Sekundentakt malträtierte mein Daumen den Kuli-Drücker.

»Was wollen Sie?« Seine Stimme klang frostig.

»Na, ich suche einen Mitstreiter gegen die Verwaltung Krause und ich möchte …«

»Ha!« schrie er. »Die muß weg!« Vor Schreck sprang mir der Kuli aus der Hand und fiel auf den Laminatboden. Offenbar reichte ihm das hingeworfene Häppchen namens Krause aus, um zu explodieren. Erschrocken hielt ich den Hörer vom Ohr ab. Lautstark erzählte er, daß die Verwaltung weder auf seine Schreiben noch auf seine Anrufe reagieren würde. Sie verweigere die Annahme von Einschreiben per Rückschein. Selbst niedergelegte Schriftstücke hole die Verwalterin trotz Information durch die Post nicht ab.

»Stellen Sie sich vor, der Krause legt einfach auf, wenn ich mich am Telefon melde. Der Kontakt ist komplett abgeschnitten!« rief er mir entgegen und holte tief Luft. »Man muß etwas gegen ihn unternehmen!« Er hatte seinen verbalen Höhepunkt erreicht.

Ich nutzte seine Sprechpause und drückte den Hörer wieder ans Ohr. »Ja! Ich bin dabei … und Sie können sich nicht vorstellen, was der Krause mit mir angestellt hat. Der will mich ruinieren.« In schnörkligen Einzelheiten leuchtete ich jede seiner Attacken aus.

»Nein, das gibt's nicht. Oh!« kommentierte er schnaubend meine Geschichte, er erinnerte mich irgendwie an Louis de Funès!

»Frau Winter! Wir gehen gemeinsam gegen diesen Mann vor. Das wollen wir doch mal sehen. Nicht mit uns!« rief er mir begeistert entgegen.

»Genau! ... Wir sollten uns bald treffen.«

»Oh, das trifft sich gut. Morgen bin ich in der Anlage. Mein Mieter hat ein Wasserproblem in der Küche. Anschließend könnte ich bei Ihnen vorbeikommen. Wäre das in Ordnung?« Seine Euphorie war nahezu greifbar.

»Ja!« rief ich begeistert. Ich hatte meinen Leidens- und Streitgenossen gefunden.

Einsicht in die Verwalterunterlagen

Es schellte, und ich linste auf die Wanduhr. *Das muß er sein!* Ich legte die Zeitung zur Seite, ging zum Eingang hinüber und drückte den Verbindungsknopf der Funksprechanlage »Siebter Stock, bitte.« Ich öffnete die Wohnungstür und schielte zum Lift hinüber. Minuten später trat eine langgewachsene Person aus der Fahrstuhlkabine hervor. Er äugte zu mir herüber, kam auf mich zu und rief mir entgegen:

»Hallo. Wir kennen uns aus der Versammlung, nicht wahr? Wenn auch nicht persönlich«.

»Richtig. Guten Tag«, erwiderte ich ihm. Er näherte sich und kam wenige Zentimeter vor mir zum Stehen, blitzte mich mit wachen Augen an und streckte mir seine Hand entgegen.

»Freut mich. Schulze.«

»Freut mich auch. Bitte, treten Sie ein.«

Er schob sich an mir vorbei. Vom ersten Augenblick an war er mir sympathisch. Ein graumelierter Mann, Mitte fünfzig, schlank, mit minimalem Bauchansatz und sehr impulsiv, wie ich im Laufe der Zeit hautnah erfahren sollte. Wenn er aufgeregt war, zuckten seine rechte Schulter und das rechte Auge unkontrolliert. Die Steigerung endete im schnalzenden Galopp seiner Zunge – dann wirkte er immer ein wenig angriffslustig.

»Den Flur geradeaus, dann rechts.« Ich folgte ihm in die Küche und bot ihm an, Platz zu nehmen.

»Möchten Sie einen Kaffee?«

»Ja, sehr gerne, schwarz mit Zucker.« Wir lächelten uns an.

Klappernd rührte er in seiner Tasse. Er blickte auf und brach das Schweigen. Der Funke war übergesprungen.

»Um es gleich zu sagen, es geht mir nicht nur um die Unverschämtheiten dieser Verwaltung. Daß er nicht reagiert oder so, sondern …«, er räusperte sich und legte den Kaffeelöffel zur Seite, »es geht mir um meine Rechte als Wohnungseigentümer. Es kann nicht sein, daß er macht, was ER will. Mein Ziel ist es, ihn in seine Schranken zu weisen!«

»Und wie?«

»Ganz einfach. Indem ich ihm seine Verwalterinkompetenz nachweise.« Er holte kurz Luft. »Ich will ihn mit Beweisen überführen.«

»Ach? Und womit beginnen wir?« fragte ich abwartend.

»Natürlich mit den Jahresabrechnungen, die er uns im Juni zugeschickt hat!« Er erläuterte mir, eklatante Widersprüche in den Abrechnungen entdeckt zu haben und daß es vor formalen Fehlern nur so wimmelte. Beispielsweise seien die Verteilerschlüssel gemäß der Teilungserklärung falsch zugeordnet worden. Unter der Position »Sonstiges« befänden sich Kosten im höheren fünfstelligen Bereich, die nicht erläutert wären, und es gäbe Sonderzahlungen, die sein Verwalterhonorar nahezu verdoppelten.

»Hier setzen wir an. Damit kriegen wir ihn«, schwärmte er. »Ich habe Jura studiert, zwar ohne Abschluß, aber für den Krause reicht's allemal!« Seine Faust landete auf dem Tisch, als wollte er sich selbst davon überzeugen. Die Glasplatte knirschte in der Verankerung.

»Es ist zwar Samstag …«, stockte er, »doch wenn Sie Lust haben, können wir gleich ein Schreiben aufsetzen.« Sanft massierte er seinen Handballen und meinte: »Ich möchte schnellstmöglich die Unterlagen in seinem Büro einsehen, damit wir genügend Zeit haben, ihm seine Fehler bis zur nächsten Versammlung nachzuweisen.«

»Oh, das ist ein guter Vorschlag.«

»Er will die Versammlung doch im November abhalten, oder?«

»Ja, zumindest hat er das so angekündigt«, entgegnete ich ihm mit einem Seitenblick auf seine leicht bebende Schulter.

»Eigentlich findet die ordentliche Versammlung viel zu spät im Jahr statt.«

»Na, ja. Sie wissen doch, der Krause …«

»Stimmt. Also … fangen wir an?«

»Gerne.« Ich rutschte vom Stuhl und kam mit dem Laptop unter den Arm geklemmt zurück. Schnurrend fuhr der Rechner hoch. »Wenn ich darf, tippe ich das selbst schnell ein.« Ehe ich mich versah, versank er in gebückter Haltung über dem Text.

»Fertig!« rief er. Ich war überrascht, wie schnell er die »Einsicht in die Jahresabrechnungen« erstellt hatte.

»Geben Sie den Brief am Montag bei der Post ab?« meinte ich kurz, zog den Rechner zu mir hinüber und überflog den Textentwurf.

»Es wäre schön, wenn Sie das machen würden. Ich habe am Montag leider keine Zeit.«

»Klar, das mache ich.«

»Aber bitte ›per Einschreiben mit Rückschein‹. Dann schauen wir mal, wie er reagiert, nicht wahr?«

»Richtig! Und ... möchten Sie noch einen Kaffee?« Ich schaute vom Rechner auf und schmunzelte.

Wie jeden Tag nach Büroschluß stoppte ich routinemäßig am Briefkasten, öffnete das Fach und fingerte nach einem grauen Umschlag. Ich erkannte ihn auf Anhieb. Er hatte die Annahme verweigert – Retoure an den Absender! Ich war nicht einmal enttäuscht. Im Gegenteil, alles andere hätte mich auch gewundert. Achtsam blickte ich mich um. Weit und breit war kein Mithörer zu sehen. Ich griff nach dem Handy und drückte die Wiederhol-Taste.

»Hallo, Herr Schulze.«

»Ich grüße Sie, Frau Winter.«

»Der Krause hat die Annahme verweigert«, flüsterte ich.

»Das war mir klar«, dröhnte er los. Er machte eine Pause. »Warum flüstern Sie?«

»Oh, ich stehe vor dem Hauseingang und wollte Sie schnell informieren. Soll ja niemand hören, oder?

»Ach, so! Und, was machen wir jetzt?« hauchte er zurück.

»Wir schicken keine weiteren Schreiben.«

»Sondern?«

»Wir schalten meinen Rechtsanwalt ein.«

»Wir könnten aber auch ein Einwurfeinschreiben durch die Post zustellen lassen.«

»Das bringt doch nichts!« meinte ich knapp

»Mm ... stimmt. Weitere Briefe können wir uns sparen. Das kennen wir ja zur Genüge, nicht wahr?«

»Genau, und laut WEG ist das Gesetz auf unserer Seite. Er muß uns Einsicht in die Unterlagen gewähren. Ein offizielles

Schriftstück wird uns hier besser weiterhelfen. Außerdem ... Was hat er denn zu verbergen?«

Unser Jagdfieber war geweckt!

Beim Rechtsanwalt

»Hallo, Frau Winter. Herr Graff begrüßte uns mit festem Händedruck. »Bitte treten Sie ein.« Er deutete auf sein kühles Mobiliar. Freudig sackte ich in das weiche Polster des Sessels. Mein Streitpartner bevorzugte den harten Stuhl.

»Es handelt sich gewiß um Herrn Krause, oder? Er ging um seinen Schreibtisch herum und setzte sich.

»Natürlich! Es gibt einen neuen Tatbestand.«

»Ja? Was gibt's denn Skandalöses?« Er beugte sich vor, und sein Blick sprang zwischen uns hin und her.

»Also ...«, räusperte ich mich. »Wir haben Herrn Krause eine Anfrage bezüglich ›Einsicht in die Jahresabrechnungen‹ gestellt, und zwar ›per Einschreiben mit Rückschein‹.«

»Ja ... und?« Er atmete tief ein und aus.

»Er hat das Schriftstück nicht angenommen. Die Post hat es zurückgeschickt.«

»Unfaßbar!« Der Junganwalt klatschte kurz in die Hände. »Er kann nicht einfach die Annahme geschäftlicher Briefe verweigern!«

»Oh, unsere schon. Das bereitet ihm besonders viel Vergnügen.« Herr Schulze und ich warfen uns einen wissenden Blick zu und grinsten schief.

»Wir möchten, daß Sie ihm eine formale Aufforderung schicken.«

»Das übernehme ich gerne. Erstens muß er mein Schreiben annehmen und zweitens muß er Ihnen die Einsicht in die Jahresabrechnungen gewähren, ansonsten verstößt er gegen die

Grundsätze einer ordnungsgemäßen Verwaltung.« Er nickte wichtig zwischen uns hin und her. »Er wird sich bald in meiner Kanzlei melden, Frau Winter. Glauben Sie mir!« betonte er mit Nachdruck. »Ich schicke Ihnen sofort das Antwortschreiben zu, sobald Ihr Verwalter oder sein Rechtsanwalt sich bei mir gemeldet hat.«

»Na, dann! Ich bin gespannt.« Meine Worte flogen skeptisch zu ihm hinüber. Mit einem kräftigen Stoß erhob ich mich aus dem Sitzpolster. Händeschüttelnd verabschiedeten wir uns vom Juristen. Seine Handfläche war verschwitzt.

Auf der Straße schaute ich Herrn Schulze fragend an. »Was glauben Sie? Wie wird er reagieren?«

»Tja. Die Chancen stehen nicht schlecht. Er muß!«

Mich beschlich ein unangenehmes Gefühl. Beim Krause wußte man nie, woran man war.

Die Reaktion der Hausverwaltung

Knapp zwei Wochen nach unserer juristischen Aufforderung zur Einsicht in die Unterlagen hielt ich Herrn Graffs Brief in der Hand. Mühsam schob ich die Werbebroschüren ins Fach zurück und drückte die Klappe davor. Am liebsten hätte ich den Umschlag sofort aufgerissen, doch ich geduldete mich und fuhr ins Appartement hinauf. *War der Aufzug schon immer so langsam?* Ich schielte auf das Kuvert. Kurz darauf stand ich im Flur und ließ die Aktentasche ungeachtet fallen und eilte an den Küchentisch. Ungeduldig nestelte ich an dem Umschlag und hielt zwei Schreiben in den Händen: Herrn Graffs Kurzprotokoll und das eines mir unbekannten Rechtsanwalts. Ich drehte das Blatt in der Hand. *Das muß ER sein! Mal sehen*, und ein Lächeln huschte über mein Gesicht.

Sehr geehrte Frau Winter,
ich möchte Ihnen anzeigen, daß mir eine Vollmacht vorliegt, die Hausverwaltung Krause juristisch zu vertreten.
Ich beziehe mich auf das Schriftstück Ihres RA Graff mit der Bitte um Einsicht in die Jahresabrechnungen.
Als Eigentümerin steht es Ihnen selbstverständlich zu, in Abstimmung mit der Verwalterin Einsicht zu nehmen. Sie hatte Ihre Anfrage leider zu spät erhalten und räumt Ihnen die folgenden drei Termine ein.
Bitte lassen Sie mir zeitnah den Wunschtermin über Ihren Anwalt mitteilen.
Mit freundlichen Grüßen
RA Bockelmann

Schreiben nicht erhalten? Das ist nicht wahr! *Sie verweigerten die Annahme, Herr Krause!* Ich griente. Immerhin machte er mir drei Vorschläge! Das Papier legte ich auf die Tischplatte. Mit so einer einlenkenden Antwort hatte ich nicht gerechnet.

Ich ging in den Flur und griff nach der Aktentasche, die neben dem Sideboard lag. In den Fächern tastete ich nach dem Handy und tippte die Nummer meines Partners ein, schlenderte zur Küche und klemmte das Telefon zwischen Schulter und Ohr. Gleichzeitig griff ich nach dem Kaffeefilter im Schrank.

»Hallo, Frau Winter. Was gibt's Neues?« begrüßte er mich, noch bevor ich mich melden konnte. Flugs stopfte ich den Papierfilter in die Vorrichtung und schnappte nach dem Handy.

»'n Abend, Herr Schulze. Stellen Sie sich vor. Wir bekommen Einsicht in die Unterlagen.«

»Wirklich?«

»Ja. Sein Anwalt hat uns drei Alternativtermine mitgeteilt. Lassen Sie uns gleich den ersten nehmen. Wir fahren da natürlich gemeinsam hin!«

»Natürlich! Es wird mir eine Freude sein, ihm seine Abrechnungen auseinanderzunehmen!«

»Mir erst!« Ein Lächeln flog über mein Gesicht »Ich versuche, Herrn Graff zu erreichen. Vielleicht ist er noch im Büro.«

»Ja, machen Sie das.«

»Ich melde mich bei Ihnen, wenn die Bestätigung vorliegt.«

»Gerne!« tönte es zurück.

Lächelnd legte ich auf und drückte die gespeicherte Nummer »Guten Tag, Kanzlei Graff. Was kann ich für Sie tun?« meldete er sich förmlich.

»Hallo. Ihre Einschätzung war richtig. ER hat sich gemeldet, obwohl ich nicht daran geglaubt hatte«, redete ich los.

»Ah, Frau Winter. Das habe ich Ihnen doch gesagt. Ob er will oder nicht: er muß sich an die ordnungsgemäßen Verwaltungsregeln halten!«

»Na ja. Sie wissen, ja – der Krause! Aber gut. Fixieren Sie bitte den ersten Terminvorschlag mit ihm.«

»Das mache ich gerne. Ich informiere Sie, sobald ich eine Rückmeldung habe.«

Zufrieden legte ich auf und griff nach dem Kaffeepulver. Zehn Minuten später nippte ich an dem schwarzen Gebräu.

Einsicht in die Jahresabrechnungen

Endlich. Der langersehnte Tag war gekommen! Konzentriert steuerte ich den Wagen durch den stockenden Straßenverkehr, bog in die Sackgasse ein und sah meinen Partner auf dem Bürgersteig stehen. Kaum stoppte mein Wagen neben ihm, riß er die Beifahrertür auf.

»Guten Morgen. Pünktlich wie immer.« Seine Augen leuchteten. Stöhnend sank er in den sportlichen Sitz.

»Moin, dann mal los!« Ich warf ihm einen Seitenblick zu. Seine Schulter vibrierte heftig.

Während der Autofahrt redeten wir ununterbrochen und malten uns in den schillerndsten Farben aus, wie wir ihm seine Verfehlungen nachweisen würden. Wir achteten gar nicht mehr auf den Weg, bis mich das »Navi« aufschreckte: »In hundert Metern bitte links abbiegen!« Ich unterbrach meinen angefangenen Satz und konzentrierte mich aufs Einbiegen in die Straße. »Sie haben Ihr Ziel erreicht!« schnarrte die Elektrostimme. Ich orientierte mich und parkte auf dem Besucherparkplatz der angegebenen Adresse. Ein Fachwerkhaus. So wohnt er also. Unspektakulär, stellte ich fest, und der Motor verstummte. Im Auto war es totenstill. Schlagartig schnellte mein Puls in die Höhe. Ich ballte die Hände. Endlich!

Lieber Leser, wie sich die Einsicht in die Jahresabrechnungen abspielte, möchte ich Ihnen mit folgendem Wortprotokoll illustrieren:

Ankunft 9.50 Uhr: Frau Winter und Herr Schulze erreichen das Büro des Treuhänders. Empfang durch die Tante. Herr Krause stand abseits im hinteren Teil des Flurs.

Fr. Winter: »Guten Tag. Wir möchten heute die Jahresabrechnungen einsehen.«

Tante: »Guten Tag. Ich habe Anweisung, nur Sie, Frau Winter, reinzulassen. Dies haben wir schriftlich von unserem Anwalt.«

Fr. Winter: »Laut Schreiben meines Rechtsanwalts kann ich einen Eigentümer mitnehmen. Das hat er Ihnen auch schriftlich mitgeteilt. Und das ist Herr Schulze.«

Hr. Schulze: »Bitte lassen Sie uns hinein.«

Tante: »Nein, Herr Schulze, Sie sind nicht angemeldet.«

Hr. Schulze: »Doch, das haben Sie schriftlich vorliegen.«

Fr. Winter: »Also, dürfen wir nun rein?«

Tante: »Sie ja, Frau Winter. Bitte kommen Sie ins Büro.«

Fr. Winter: »Nein, so machen wir es nicht. Nicht ohne Herrn Schulze.«

Aus dem Hintergrund näherte sich der Verwalter.

Hr. Schulze: »Herr Krause, darf ich Ihnen nochmals unser Anwaltsschreiben übergeben? Darin steht, daß ich die Unterlagen mit einsehen kann.«

Hr. Krause: »Sie brauchen mir nichts zu geben. Lediglich Frau Winter hat Einsichtsrecht. Sie kommen hier nicht rein!«

Hr. Schulze: »Bitte nehmen Sie das Schreiben.«

Hr. Krause: »Sie wissen, wo mein Briefkasten ist. Werfen Sie den dort ein.«

Fr. Winter: »Ich darf einen Eigentümer mitnehmen – und das ist Herr Schulze!«

Hr. Krause: »Ihr Anwalt hat Sie, Frau Winter angemeldet. Den nicht!«

Fr. Winter: »Das stimmt doch nicht! Entweder ich nehme berechtigterweise Herrn Schulze mit hinein oder wir lassen es.«

Hr. Krause: »Wenn Sie nicht wollen, dann eben nicht. Sie tragen die Kosten.«

Fr. Winter: »Wir zahlen gar nichts. Wir brechen ab. Es hat keinen Sinn. Wir fahren.«

Daraufhin sind Herr Schulze und ich unverrichteter Dinge gegangen. Niedlich, nicht? Vermutlich denken Sie: *Was will sie denn? Sie hätte den Termin doch wahrnehmen können!* Ja, aber keinesfalls so! Wäre ich allein, ohne einen Zeugen, ins Büro gegangen, hätte ich hundertprozentig mit Repressalien oder übler Nachrede rechnen müssen. Nein? Doch! Sie erinnern sich an die verlogenen Faxe an meinen Arbeitgeber? Aber Achtung, es kommt noch besser.

Folgendes habe ich Ihnen bisher vorenthalten: Herr Schulze und ich hatten unsere Verwalterin im Internet recherchiert und waren bei der Analyse auf eine leidvoll geprüfte Gemeinschaft gestoßen, die Herr Krause seit Jahren verwaltete. In leidenschaftlichen Telefonaten mit der Beiratsvorsitzenden entdeckten wir traurige Parallelen wie das Nichtreagieren auf Anfragen, das Schikanieren widerspenstiger Eigentümer oder die Trägheit der Masse, sprich der Eigentümer, die wie Lemminge hinter ihm herhechelten. Lediglich eine Handvoll Aufsässiger dieser Gemeinschaft versuchten, sich gegen ihn zu stemmen, und spielten ihre letzte Karte aus: die Abberufung durch das Oberlandesgericht wegen Verstoßes gegen »ordnungsgemäße Verwaltung«. Diese Leidgeprüften befanden sich in der Endphase der Krause-Ära. Wir standen am leidvollen Anfang!

Eines Abends rief mich die Beiratsvorsitzende an. Ich hatte ihre Nummer erkannt und redete munter drauflos:

»Hi, Frau Birkner. Ich habe lange nichts von Ihnen gehört. Was gibt's Neues an der Krause-Front?« fragte ich ironisch und freute mich auf ein erquickliches Pingpong. Für solche Späße war sie immer zu haben.

»Oh, ich muß Ihnen Schreckliches erzählen.« Ihre Stimme zitterte. Sie machte eine Pause und räusperte sich.

»Was ist denn passiert?« Mit ungutem Gefühl lauschte ich in den Hörer.

»Wie Sie bereits wissen, hatten mein Mann und ich einen Termin zur Einsicht in die Jahresabrechnungen bekommen.«

»Ja. Sie hatten mir davon erzählt. Den hatten Sie ja gerichtlich erstritten.« Ich ahnte Böses und wagte kaum zu atmen.

»Wie ist es gelaufen, Frau Birkner?«

»Ein Drama, sage ich Ihnen. Wenn ich's nicht besser wüßte, könnte man glauben, dieser Mann ist irre. Der macht jeden nieder, der ihm nicht folgt!« Ihre Stimme hüpfte auf und nieder. »Der schreckt nicht mal vor körperlicher Gewalt zurück!«

»Was meinen Sie denn?« Ich hielt die Luft an.

»Er hat meinen Mann am Betreten des Büros gehindert und ihn die drei Treppenstufen des Fachwerkhauses runtergestoßen. Ich hab's selbst gesehen!« Ihre Stimme war in heller Aufregung.

»Um Gottes willen. Nein!« Vor lauter Entsetzen hielt ich mir die Hand vor den Mund.

»Ja, er ist gestürzt und wurde vom Arzt mit sechs Stichen an der Hand genäht.«

»Was? Unglaublich!« Empört umklammerte ich das Telefon, als bräuchte ich Halt.

»Danach hat er meinem Mann zugerufen: »Gell? Das hat gut getan!« Sie war kurz vorm Hyperventilieren.

»Sie müssen einen Strafantrag wegen Körperverletzung stellen!« rief ich ihr entgegen und ruderte mit dem Arm, als könnte ich IHN damit wegwischen.

»Das haben wir bereits getan und ... passen Sie auf, wenn Sie bei ihm die Unterlagen einsehen wollen!« Ihre Stimme erstarb.

Deshalb, liebe Leser, wollte ich nur gemeinsam mit meinem Partner in die Höhle dieses Despoten gehen.

Exkurs beendet.

10 Die Weichenstellung

Der Verwalter hatte Herrn Schulze und mich abgewiesen, denn ER diktierte, wer die Unterlagen einsehen durfte und wer nicht.

Bereits am nächsten Tag informierte ich telefonisch Herrn Graff über den unfreiwilligen Abbruch unseres Vor-Ort-Termins.

»Das ist ja unglaublich, wie dieser Verwalter sich aufführt«, meinte er perplex. »Ich empfehle Ihnen, auf der kommenden Versammlung die Jahresabrechnungen einzusehen, bevor wir gerichtlich gegen ihn vorgehen«, schlug er vor und erläuterte weiter: »Die Verwalterin muß diese zur Versammlung mitbringen und jedem, sofern er es wünscht, zur Einsicht vorlegen. Außerdem empfehle ich Ihnen, ihm Ihre Fragen zur Jahresabrechnung vorab schriftlich zuzusenden.«

Selbstverständlich bezweifelte ich den Zustellungserfolg, dennoch folgten wir seiner Empfehlung. Ein gerichtliches Vorgehen konnte so zunächst vermieden werden.

Der avisierte Novembertermin für die Versammlung stand an. Herr Schulze und ich planten, den Verwalter mit seiner Verweigerungshaltung bei der Unterlagenprüfung und seinen Frechheiten zu konfrontieren. Wir waren bestens vorbereitet.

Donnerstagabend. Die Veranstaltung fand erneut in der Vereinsgaststätte »Zum Goldenen Hirsch« statt. *Vorsichtig!* erinnerte ich mich und zog behutsam an der leichtgängigen Tür und betrat den Gastraum. Hinter dem Tresen stand eine blondierte Frau in den Fünfzigern, die achtsam, bis zum Rand gefüllte Weingläser auf einem Tablett abstellte. Vom gegelten Bierzapfer war weit und breit nichts zu sehen. Mit einem Seitenblick fixierte sie mich.

»Kann ich Ihnen weiterhelfen?«

»Ja. Ich möchte zur Versammlung. Da hinten, nicht wahr?« erkundigte ich mich knapp.

»Genau, immer geradeaus. Darf ich Ihnen auch etwas zu trinken bringen?«

»Gerne. Ein großes Glas Wasser ohne Kohlensäure, bitte.«

»Bringe ich Ihnen gleich in den Saal.«

»Danke.« Ich nickte ihr zu und ging den Gang hinunter zum Versammlungsraum.

Ich trat ein und nahm sofort die u-förmige Bestuhlung wahr. ER saß bereits an dem quer gestellten Tisch am Kopfende, umringt von seiner Tante und der Tochter. Es war stickig und die Stühle waren fast alle besetzt. Ich schritt quer durch den Saal auf die drei zu. Die Tante sah auf, schob mir die Anwesenheitsliste zu und flüsterte: »Liebe Frau Winter, warum haben Sie denn die Unterlagen in unserem Büro nicht eingesehen?« meinte sie mit leicht geneigtem Kopf.

»Ach, lassen Sie mal, darauf komme ich gleich noch zu sprechen. Das interessiert sicherlich auch die anderen Anwesenden«, sagte ich kühl und schob ihr die unterschriebene Anwesenheitsliste zurück. Ich schaute zum Verwalter hinüber. Er ordnete seine Notizen und sein mächtiger Bauch drückte gegen die Tischkante. Ich wartete auf eine Reaktion. Doch er ignorierte mich. *Okay, dann später. Wir sprechen uns noch,* dachte ich mürrisch und schaute mich im Raum um. *Merkwürdig, wo ist Herr Schulze?* Ich entdeckte einen freien Stuhl auf der linken Seite. Beim Hinübergehen begrüßte ich Herrn Fröhlich mit einem Nicken, setzte mich und wartete auf den Beginn der Veranstaltung. Es dauerte keine zehn Minuten, und er startete: »Guten Abend, liebe Eigentümer. Ich begrüße Sie recht herzlich zu unserer ersten ordentlichen Versammlung in diesem Jahr.« Dann begann das Geschwafel. Er monologisierte, brüstete sich mit seinen Verwaltertaten und kam nach langatmigen zwanzig Minuten endlich zum Tagesordnungspunkt zwei: Jahresabrechnung und neuer Wirtschaftsplan.

»Wer hat eine Anmerkung zu den aktuellen Jahresabrechnungen?« Er blickte flüchtig in die Menge. »Niemand? Dann können wir weitermachen.«

»Halt, nicht so schnell!« unterbrach ich ihn.

»Ach, die Frau Winter – wer auch sonst?« Die Anwesenden schauten neugierig zwischen dem Verwalter und mir hin und her.

»Was gibt's denn Wichtiges?«

»Sie wissen genau, daß die Abrechnungen nicht korrekt sind: Etliche Gemeinschaftskosten sind falsch zugeordnet, und es gibt Sonderhonorare, die Sie nicht erklärt haben.«

»Ach, nein?«

»Ja. Zudem unterstellen Sie mir, ich würde mein Hausgeld nicht bezahlen. Schließlich liegt Ihnen eine »einstweilige Verfügung auf Unterlassung« vor. Nicht wahr?«

»Sonst noch was?« frage er süffisant.

»Ja, ich hätte gerne eine Erklärung hierfür«, erwiderte ich spitz.

»Die Fragen zur Abrechnung hätten Sie mir auch schriftlich einreichen können, dann hätte ich Ihnen auch geantwortet. Ich kann Ihnen jetzt keine Auskunft geben.«

»Was reden Sie denn da? Die Fragen habe ich Ihnen doch rechtzeitig zugeschickt. Zudem liegt Ihnen ein Antrag auf die »Einsicht in die Jahresabrechnungen« vor, und diese haben Sie mir verweigert!«

»Unsinn! Sie wollten nicht ins Büro kommen, liebe Frau Winter!« Die Anwesenden beobachteten aufmerksam den Schlagabtausch. Niemand unterbrach uns.

»Herr Verwalter. Sie hätten mir die Einsicht gewähren müssen!«

»Hatte ich. Sie haben den Termin abgebrochen.«

»Sie hätten Herrn Schulze und mir gemeinsam die Einsicht ermöglichen müssen«, hielt ich ihm lauter entgegen.

»Nein, hätte ich nicht!«

»Doch, das war juristisch geklärt und außerdem: Sie glauben doch nicht, daß ich allein zu Ihnen ins Büro gekommen wäre?«

»Wieso nicht?« fragte er irritiert.

»Ich darf Sie an den Übergriff auf Herrn Birkner aus der anderen Liegenschaft erinnern, die Sie betreuen?« Ich warf ihm einen herausfordernden Blick zu.

»Was? Was reden Sie denn da?«

»Ich kann gerne der Gemeinschaft erzählen, was da passiert ist!«

»Lassen Sie die Polemik, Frau Winter!« Er sah kurz zu den Eigentümern hinüber, als wollte er sich vergewissern, ob tatsächlich einer die Geschichte hören wollte. Er nestelte an seinen Notizen.

»Wenn es keine weiteren Einwände gibt, dann kommen wir nun zum Wirtschaftsplan für das kommende Jahr und zu den Beschlußfassungen.«

»Jetzt reicht's, Herr Krause«, rief ich erneut in seine Richtung. »Erst verwehren Sie mir die Einsichtnahme in Ihrem Büro und hier wollen Sie mir auch keine Auskunft geben. Außerdem ... in der Pause möchte ich die Unterlagen zur Jahresabrechnung einsehen.«

»Die habe ich nicht dabei.«

»Nicht? Das gehört zur ordnungsgemäßen Verwaltung. Die Akten müssen heute zur Einsicht bereitstehen!«

»Ach, was Sie nicht sagen!« sagte er grienend.

»Herr Verwalter. Wenn ich nicht sofort Informationen bekomme, zwingen Sie mich, diese Versammlung anzufechten.«

Die Eigentümer waren zu Statisten erstarrt. Kein Kommentar, keine Einwände.

»Haben Sie keine Meinung?« Ich hob fragend meine Hände und blickte in die Menge.

»Doch«, flatterte es zögerlich aus der hinteren Ecke. Ich drehte mich um und erblickte Frau Fröhlich.

»Wir vertrauen unserem Verwalter. Er ist der beste, den wir bisher hatten.« *Was sagt sie?* Ich starrte das Ehepaar mit offenem Mund an. Die Gesichtsfarbe ihres Mannes war tiefrot gefleckt. *Oh, Mann, denen ist nicht zu helfen,* dachte ich erschöpft und ließ meine Hände auf die Tischplatte sinken. Ich würde meine Rechte einfordern, so oder so, mit ihnen oder ohne sie, und blickte in die triumphierenden Augen des Verwalters.

»Liebe Gemeinschaft, wir können nun mit der Versammlung fortfahren.« Er räusperte sich wohlig und setzte verzückt seinen Wortschwall fort. *Das ertrage ich nicht!* Wortlos packte ich meine Unterlagen zusammen. Mit einem Schulterblick zu meinen Stuhlnachbarn erhob ich mich und verließ den Versammlungsraum. Sie folgten glückselig seinen Ausführungen.

11 Der Start der Prozeßlawine

Der Wecker riß mich aus dem Dämmerschlaf. Magenschmerzen quälten mich. Sofort sah ich die gestrige Versammlung und die unkritischen Menschen vor mir. *Unglaublich, wie er sie alle gängeln konnte!* Sekundenlang hing ich diesen Gedanken nach, bis mich das Klingeln des Telefons aus dem Bett holte.

»Ach, Herr Schulze, guten Morgen. Wo waren Sie denn gestern?«

»Sorry. Ich war geschäftlich in Nürnberg und hatte eine Reifenpanne auf der Autobahn.«

»Oh ... Und warum haben Sie mich nicht angerufen?«

»Das hatte ich doch. Ich habe Ihnen auf den Anrufbeantworter gesprochen «...«

»Das habe ich gar nicht mitbekommen ... Na ja, egal.« Ich wurde versöhnlicher.

»Und. Wie ist es gelaufen?«

»Wie wohl – Horror! Der Krause vermeidet alles, um Auskunft zu geben. Er hatte nicht einmal die Aktenordner mit den Jahresabrechnungen dabei!«

»Echt? Und wie haben die anderen auf Ihr Nachfragen reagiert. Kamen kritische Stimmen?«

»Machen Sie Scherze? Natürlich nicht! Er hat fast alle auf seiner Seite!«

»Herrje!«

»Aber, wissen Sie was? Ich werde mich nicht abwimmeln lassen und die Versammlungsbeschlüsse gerichtlich anfechten. Alleine oder mit Ihnen. Wie sieht's aus? Sind Sie dabei?«

»Hundertprozentig!« tönte er in den Hörer.

Und so nahm der Weg seinen Lauf. Um unsere Rechte einzufordern, nötigte uns der Verwalter, gegen ihn zu klagen –

und das taten wir. Zunächst fochten wir die folgenden vier Tagesordnungspunkte aus der Versammlung vom November 2012 an: Die fehlerhafte Jahresabrechnung, die Beschlüsse zum Austausch der Garagentore, zur Sanierung des Kelleraufgangs und die Erneuerung der Glasbausteine am Hauseingang, da anstatt dreier Kostenvoranschläge nur jeweils ein Angebot zur Abstimmung vorlag. Erfreulicherweise konnte ich mich auf Herrn Schulzes Fachwissen verlassen, der Entwürfe für unseren Juristen verfaßte. Hier ein Beispiel:

»Die Verwalterin hat für die Wohnungen und Garagen unterschiedliche Jahresabrechnungen erstellt, welches den Regelungen der Teilungserklärung nicht entspricht und dazu führt, daß es den Gesamt- und Einzelabrechnungen an Transparenz fehlt. Dabei hat sie nicht alle angefallenen Lasten auf die Wohnungs- und Garagenbesitzer nach dem Verteilungsschlüssel, wie er sich aus den jeweiligen Miteigentumsanteilen ergibt, umgelegt. Sie hat außer Acht gelassen, daß der Verteilerschlüssel sich allein nach der Teilungserklärung zu richten hat ...«

Nicht schlecht, oder?

Durch alle Instanzen

Dann kam die Prozeßlawine richtig in Fahrt. Sämtliche erstgerichtlich verlorenen Verfahren peitschte Herr Krause – ohne Beschluß der Eigentümer (vielleicht mit Wissen des Beirats und mehrerer Anhänger) – bis in die obersten Instanzen: vom Amtsgericht über das Landgericht bis zum Oberlandesgericht.

Als wäre dem noch nicht genug, gaben die Gerichte der Lawine einen kräftigen Stoß. Die Richter trennten Verfahren aus dem Hauptverfahren ab. Wie dies funktionierte? Also: Wir hatten vier Tagesordnungspunkte aus der Versammlung vom November 2012 angefochten, die zu einem Hauptverfahren zusammengefasst waren. Hiervon trennten sie drei Tagesordnungspunkte ab und faßten sie unter dem Punkt »Sanierung« zusammen: Erneuerung Garagentore, Sanierung Kelleraufgang und Austausch der Glasbausteine.

Aus dem Hauptverfahren der obengenannten Versammlung gesellte sich nun dieses neue Verfahren »Sanierung« mit eigenem Aktenzeichen hinzu, das hieß: aus der Anfechtung einer Eigentümerversammlung entstanden somit zwei Verfahren.

Durch diese Verfahrensabtrennung und den weiteren Anfechtungen, die sich aus den späteren Eigentümerversammlungen ergaben, addierten sich die Gerichtsverfahren im Laufe seiner herrischen Zeit auf stattliche fünfzig (50!), und dies führte schließlich zu einer chaotischen Unübersichtlichkeit. Weder die Richter noch die Rechtsanwälte blickten in den Gerichtsverhandlungen durch: »Wie? Dieses Verfahren gehört nicht zum Hauptverfahren? Welches ist denn das zugehörige Aktenzeichen, Herrgott?«

Für all dies waren einzig und allein unser Gutsherr und seine Inkompetenz verantwortlich. Die Prozeßkosten für die Gemeinschaft stiegen ins Unermeßliche: für Anwälte, Gutachter und Gerichtskosten.

Herr Krause verlor eine Gerichtsverhandlung nach der anderen. Wie gesagt, er brillierte durch fachliche Unfähigkeit und war dadurch ein »gefundenes Fressen« für alle beteiligten Richter, die ihn genüßlich sezierten. Lediglich sein aalglattes Verhalten und seine zurückhaltende Information retteten ihn davor, in den Versammlungen die Eigentümer über die horrend angefallenen Prozeßkosten aufklären zu müssen.

Anfangs hatte ich es nicht verstanden, doch später begriff ich sein raffiniertes Spiel: Er verfolgte eine Verschleppungstaktik. Im Laufe der Zeit kristallisierte sich ein Kraus'sches Pflicht- und Kürprogramm heraus.

Bei seinem Pflichtprogramm informierte sein treuer Anwalt den Richter, daß ER krank sei oder ER Gerichtsunterlagen nicht erhalten hätte – und diese Mitteilung fand einen Tag vor dem Gerichtstermin statt! Und ruck, zuck verschob sich der Gerichtstermin vorteilhaft für Herrn Krause ins Nirwana. (Wer von Ihnen prozeßerfahren ist, weiß, wie sich Folgetermine hinauszögern können – ein halbes Jahr ist da keine Seltenheit.)

Dann inszenierte er sein Kürprogramm. Elegant täuschte er die Richter und ließ Gerichtsverhandlungen im Sande verlaufen. Wie er seine Pirouetten drehte? – Na, sehen Sie selbst:

Ein Gerichtsverfahren

Versunken zog ich an meiner Zigarette, als Herr Schulze neben mir auftauchte.

»Hallo, Herr Schulze«, hüstelte ich und drückte den Zigarettenstummel aus.

»Guten Morgen.« Er lächelte und schüttelte meine Hand. »Na, dann wollen wir mal«, meinte er und zuckte leicht mit seinem Kopf. Ein untrügliches Zeichen für seine Anspannung. Ich grinste zurück.

Gemeinsam gingen wir auf den Haupteingang des Gebäudes A des jahrhundertealten Amtsgerichts Frankfurt zu. Mühselig zerrte mein Partner an der meterhohen Eichenpforte. Ich huschte an ihm vorbei und er folgte mir durch den schmalen Spalt ins Innere. Die Pforte fiel ins Schloß, und schlagartig war es düster. Spärliches Licht begleitete uns auf den Weg zur Drehtür. Diese passierten wir, und ich spürte Herrn Schulze dicht hinter mir. Allmählich gewöhnte ich mich an das schummrige Licht, und vor uns tauchte der Sicherheitsbereich auf.

Wie üblich mußten sämtliche Bürger einen Check über sich ergehen lassen. Mäntel, Taschen und Schlüssel wurden in graue Plastikkisten gepackt und durch einen Scanner geschoben. Danach passierte man eine mannshohe Security-Schleuse, die beim winzigsten Metall am Körper lospfiff. Ein vergessenes Feuerzeug in der Anzugsjacke reichte dabei schon aus.

Nach der Schleuse warteten Sicherheitspersonen mit Geräten auf uns, die Ähnlichkeit mit ungespannten Squash-Schlägern hatten. Sie setzten das Abtasten fort und erkundeten den Körper im Millimeterabstand. Nachdem die drei Security-Hürden passiert waren, durfte alles wieder eingepackt werden.

Dieses Prozedere war zwar zeitaufwendig, aber äußerst sinnvoll, wenn man bedenkt, wie emotionsgeladen Gerichtsverhandlungen ablaufen können.

Als Prozeßerfahrene schlugen wir zielsicher den Weg zum Gerichtssaal ein. Die geschwungene Steintreppe führte uns in die obere Etage. Herr Schulze zog sich an dem dunkelbraunen Holzgeländer hoch und erreichte schnaufend den Marmorflur im zweiten Stock. Einen Moment standen wir reglos nebeneinander und gingen dann weiter.

Aufmerksam schritten wir die langen Flure des Gebäudetrakts entlang, begleitet von meterdickem Sandstein, gewölbeförmigen Hallen und übergroßen Fenstermosaiken mit prächtigen Motiven.

»Hier ist der Sitzungssaal. Wir haben noch ein wenig Zeit. Lassen Sie uns die Punkte noch einmal durchsprechen.« Ich nickte ihm aufmunternd zu, und wir setzten uns auf die graue Holzbank, die neben dem Eingang des Saales stand. Eng gedrängt, hockten wir flüsternd nebeneinander.

Schritte hallten zu uns hinüber. Ich blickte auf. Herr Graff eilte über den Marmorboden und stoppte einen Atemhauch vor uns.

»Guten Morgen«, begrüßte er uns. »Mal seh'n, wie es heute läuft.« Sein Talar hing schlaff über seinem linken Arm. In der anderen Hand hielt er seine schwarze Aktentasche. Er beugte seinen Oberkörper geschmeidig nach vorn und stellte seine Tasche zwischen den hochglänzenden Schuhen ab. Schwungvoll warf er seine Amtstracht über die Schultern und zupfte sein weitärmeliges, knöchellanges Obergewand mustergültig zurecht. – Da! Am Ende des Flurs bewegte sich etwas. Ich kniff die Augen zusammen, um besser sehen zu können. Ja, da kam ER. Der Verwalter näherte sich mit seiner Tante. Die grauhaarige Dame ging mit gebückter Körperhaltung und hängenden Schultern neben ihrem Neffen. Ihr Schritt verriet mir, wie immens die Vielzahl der Gerichtsverfahren an ihr zerrte.

Unsere »Majestät« dagegen präsentierte sich mit aufrechtem Gang. Mit stolzgerecktem Hals schritt er den nicht enden wollenden Flur auf den Gerichtssaal zu, als wäre dies ein roter Teppich. Seinen braunen Cordanzug hatte er gegen einen dunkelroten getauscht. Der paßte ihm deutlich besser, denn das Sakko überspielte großzügig seinen wuchtigen Bauch. Eine schwarze Baseballkappe versteckte die Halbglatze. Seine übergroße Brille hüpfte bei jedem Schritt gegen die Sonnenblende der Kappe. Nein, wie ein Hausverwalter sah er fürwahr nicht aus. Gebrauchtwagenhändler in einem Hinterhof traf's eher.

Kurz neben der Bank stoppten sie und würdigten uns keines Blickes. Fordernd klopfte er an die Holztür des Sitzungssaals, öffnete sie und zog seine Begleiterin am Arm hinter sich her. Beide verschwanden im Gerichtssaal. Was für ein Auftritt.

Der Anwalt schaute uns fragend an. Herr Schulze und ich nickten uns zu und folgten unserer Streitpartei in den Raum.

Der Richter war bereits anwesend und saß an seinem Schreibtisch auf einem erhöhten Holzpodest. Von hier oben überblickte er den spartanisch eingerichteten Saal. Braungestrichene Zuschauerbänke, wie man sie aus der Kirche kannte, warteten auf Publikum, kalte Holzstühle auf die Streitparteien. Zwei riesige Kronleuchter hingen mit spärlicher Beleuchtung unter der meterhohen Decke, eine tickende Uhr an der Stirnwand – das war's.

Wir reihten uns neben dem Richterthron auf den Holzstühlen ein. Unser Anwalt bildete das Schlußlicht unserer Reihe.

Vis-a-vis hockte Herr Krause und sah stoisch vor sich hin. Die Tante kauerte auf der harten Zuschauerbank. In ihren Augen las ich Abwesenheit. Sie war die einzige Besucherin. *Ach nein. Er ist auch wieder da.* Ich entdeckte den Eigentümer Herrn Sommer in der hintersten Reihe. Er war dafür bekannt, daß er keinen unserer Gerichtstermine ausließ, und erst viel später hatte ich erfahren, daß er sogar einen der begehrten Plätze im sogenannten »Kannibalen-Prozeß« ergattert hatte – aber ich schweife ab. Ich schaute mich um. Wo war sein Rechtsbeistand? Der Vorsitzende äugte zur tickenden Wanduhr und eröffnete punktgenau das Verfahren:

»Guten Tag. Sind sämtliche Beteiligten zum Verfahren ›Anfechtung der Jahresabrechnung‹ anwesend?« Sein Blick sprang zwischen den Parteien hin und her.

»Ja«, riefen wir dem Vorsitzenden entgegen. *Heute kriegen wir ihn!* freute ich mich. Wir waren bestens mit Argumenten vorbereitet.

»Euer Ehren«, meldete sich unser Gegner flüsternd zu Wort. »Leider muß ich Ihnen mitteilen, daß mein Anwalt mich vor zwanzig Minuten informiert hat, daß er krankheitsbedingt nicht teilnehmen kann.« Seine Worte wehten durch den Raum.

»Hätten Sie nicht früher Auskunft geben können?« Der Richter wirkte mürrisch und zupfte an seinem Ärmel, als versuchte er, einen Fussel zu beseitigen.

»Es tut mir leid, Euer Ehren. Er dachte, es würde ihm heute wieder besser gehen«, säuselte unser Streitgegner.

»Na gut, können Sie dieses Verfahren ohne ihn führen?« Er beugte sich über seinen riesigen Schreibtisch zum Prozeßgegner hinüber. Dabei verrutschte seine schmale Lesebrille.

»Ich weiß nicht.« Er schielte zum Richter und neigte demütig seinen Kopf. »Wissen Sie, nur er kennt die Sachverhalte.« Seine Stimme sabberte regelrecht.

In dem Moment platzte mein Mitkämpfer dazwischen.

»Ha, das ist alles Absicht! Der will wieder Zeit schinden, der Heuchler, das merkt man doch!« rief er dem Vorsitzenden entgegen.

Besänftigend legte ich ihm die Hand auf seine vibrierende Schulter.

»Herr Schulze, bitte, Sie sind nicht dran. Also, Herr Krause, können Sie – oder können Sie nicht?« Der Richter sah ihn fragend an.

»Euer Ehren, nein. Ohne meinen Anwalt schaffe ich das nicht!« Er starrte auf den Boden des Saals.

Ich spürte, wie mein Partner auf seinem Stuhl bebte. Nun konnte ich ihn nicht mehr bremsen.

»Der Krause ist ein Lügner und ein Prozeßbetrüger. Dies ist ein abgekartetes Spiel!« schrie er aus vollem Hals der Streitpartei entgegen und fuchtelte unkontrolliert mit seinen Armen. Geduckt beugte ich mich zu ihm hinüber und zischte: »Lassen Sie sich nicht provozieren! Der macht sich einen Spaß daraus, das wissen Sie doch!« Ich wagte einen Seitenblick.

Sein Auge und die Schulter zuckten im Sekundentakt, seine Zunge schnalzte unkontrolliert.

Der Richter schaute in die Runde. »Sehr geehrte Prozeßbeteiligte. Aus gegebenem Anlaß verschieben wir die heutige Verhandlung. Das Gericht stimmt mit den Anwälten einen neuen Termin ab. Sie hören von mir.«

Lautstark schloß er den Ordner, erhob sich, klemmte das dicke Aktenpaket unter den Arm und stieg geräuschvoll vom Podest hinab. Wortlos verließ er mit flatternder Robe und dem glänzenden Samtkragen den Saal. Es schien, als wäre er froh, heute entkommen zu sein.

Wie erstarrt saßen wir auf den Stühlen und sahen ihm ungläubig nach. Mein Jüngling war eingefroren, Herr Schulze schnaubte, und ich sah wütend zur gegnerischen Seite hinüber. Der aalglatte Verwalter hat es tatsächlich wieder geschafft, Zeit zu schinden. Er blickte auf. Seine Augen lachten – er lachte UNS aus!

Fünfzig (!) Gerichtsverfahren in fünf Jahren, um diesen Despoten zu stoppen und ihn in seine Schranken zu weisen. Einfach grotesk, ein vollkommen irrsinniges Debakel. Und ob Sie es glauben oder nicht, weder die falsch erstellten Jahresabrechnungen hatte er überarbeitet noch die Einsicht in die Unterlagen hatte er uns jemals während seiner Bestellung ermöglicht – trotz der gewonnenen Verfahren. Gewonnene Urteile mußten wir erneut einklagen. Was für ein Wahnsinn! Soviel zur Erklärung der Prozeßlawine.

12 Der Polizeieinsatz

Ich werde alle über den Prozeßtreiber Krause aufklären, dachte ich euphorisch. Alle sollten von seinem nebulösen Gebaren vor Gericht erfahren und darüber, wie er die Gelder der Gemeinschaft in aussichtslosen Verfahren verbrannte. Genau das wollte ich in der heutigen ordentlichen Versammlung im »Goldenen Hirsch« machen. Alle Beweise waren in meinem Ordner fein säuberlich geordnet.

Vom Eingang aus schaute ich auf die U-Form-Bestuhlung des Versammlungsraums. Er saß gar nicht am Kopfende an seinem Platz? Ich sah mich neugierig um. *Ist Herr Schulze schon da? Ah, da hinten.* Ich winkte ihm zu.

Mit einem Seitenblick nahm ich unseren beleibten Prozeßgegner wahr. Er stand an der linken Wandseite. Ich drehte mich zu ihm um und sah, wie er mit seinem abgewetzten braunen Cordanzug auf mich zukam. Sein Haarkranz war frisch gefärbt. Die dunklen Ränder des Färbemittels waren deutlich am Haaransatz zu erkennen. Seine mächtige Brille sprang auf seiner Nase. Nur wenige Zentimeter vor mir blieb er stehen.

»Hallo, Frau Winter. Ich begrüße Sie«, meinte er mit seiner rauchigen Stimme und grinste – seine Augen waren eisig.

»Guten Abend, Herr Krause.« Ich blickte duellierend zurück. *Moment mal. Hier stimmt was nicht!* schoß es in Sekundenbruchteilen durch mich hindurch.

»Bitte setzen Sie sich, wir fangen gleich an.«

Ich warf ihm einen verachtenden Blick zu und ging zügig auf meinen Partner zu, ließ mich neben ihm auf den Stuhl sinken und beobachtete den Verwalter.

Hochnäsig schritt er die Reihen der Anwesenden ab. Mit dem einen oder anderen plauderte und scherzte er wohlwollend, bis er seinen Platz erreichte und sich theatralisch zwischen Tante und Tochter niederließ. Mir schleuderte er ein triumphierendes Blinzeln zu. Jetzt begriff ich. Offensichtlich hatte er die Masse auf seine Seite gebracht. Er ließ seine Meute los!

Als Stoßtrupp feuerte Frau – *Ach, wie heißt sie gleich? Egal!* – verbale Pfeile auf mich ab. »Frau Winter, hören Sie: Herr Krause ist ein so toller Verwalter – der kompetenteste, den wir jemals hatten!« Sie stockte und fuhr fort. »Er versucht alles, um Kosten einzusparen … Er setzt sich so aufopfernd für unsere Gemeinschaft ein.«

Hallo? Meine Kinnlade fiel nach unten. Mit so viel Begriffsstutzigkeit hatte ich nicht gerechnet, und ernüchternd stellte ich fest: *Sie stand doch sonst immer neutral zu ihm?* Und dann folgten die Fußtruppen. Sie schwatzten wild durcheinander und redeten mit hirnlosem Wortgemetzel auf Herrn Schulze und mich ein. Ich war entsetzt über diese einfältige Eigentümerfront und schielte zu meinem Mitstreiter. Himmel! Seine Zunge schnalzte im Galopp.

Blut schoß in meinen Kopf. *Gehirnwäsche?* Hatte man vergessen, daß er die Abrechnungen falsch erstellte? Daß er Eigentümer schikanierte? Daß er sich aufführte, als wäre er der Hausherr der Wohnanlage? Daß ER der Prozeßtreiber war? Herrje! Und genau das war das Problem. Er informierte die Gemeinschaft nicht umfassend. Selten schickte er ihnen die Gerichtsurteile zu oder informierte sie ausführlich in den Versammlungen. Die Mehrheit wußte einfach nichts vom Treiben dieses gerissenen Menschen, abgesehen von (Beirats-)Eingeweihten. Herr Krause manipulierte seine Lemminge nach Belieben und brachte sie auf seine Linie. Erst viel später erfuhr ich, wie er es geschafft hatte, die unkritische Herde für sich zu gewinnen. Nahezu täglich sprach er mit auserwählten Günstlingen über Stunden hinweg und infiltrierte sie. Doch keiner dieser Personen wußte, daß jedes Anwerbungsgespräch – akribisch bis auf die Minute – protokolliert und mit jeweils vierundvierzig Euro pro Stunde plus Telefongebühren als Sonderhonorar abgerechnet wurde! Tja, liebe Eigentümer. Nichts gab's umsonst – und schon gar nicht kostenlos!

Was der Selbstherrliche tatsächlich von seinem Gefolge hielt, zischte er in einem unbeobachteten Moment der alten Dame zu. »Schau, Tante, mein Stimmvieh!« feixte er. Dabei machte er eine ausladende Armbewegung in die Runde zu seiner Anhängerschaft.

Das hatte ich aufgeschnappt, als ich in der Versammlungspause auf dem Weg zur Toilette an ihnen vorbeigegangen war. Das sprach Bände, oder nicht? Es zeigte, was er wollte. Er brauchte die Mehrheit, um seine Tagesordnungspunkte bei den Beschlußabstimmungen durchzubringen.

Sie wissen nicht, was ich meine? Okay. Ein Beispiel:

Bereits Jahre vor meinem Kauf wurde in den Versammlungen über Schäden auf dem Hauptdach berichtet. Allerdings hatte die Gemeinschaft die Dachsanierung aus Kostengründen stets vor sich hergeschoben. Auch der Verwaltungsvorgänger hatte keine Maßnahmen eingeleitet, um diesen Mangel zu beheben. Somit sickerte ungehindert Regenwasser durch die defekte Bitumenbahn in das Mauerwerk der beiden darunterliegenden Dachgeschoßwohnungen – somit auch in meine. Diese Information hatte ich *vor* meinem Kauf nicht gehabt, da mir der Makler offenbar nicht lückenlos alle Protokolle der vergangenen Versammlungen übergeben hatte. Erst ein knappes Jahr nach meinem Einzug bemerkte ich, was da heranwuchs: Erst war es ein Schatten. Nach zwei Monaten hatte sich bereits eine blühende Schimmellandschaft unter der Zimmerdecke gebildet.

Sie meinen, das hätte ich bei meiner Besichtigung bemerken müssen? Nein, das konnte ich nicht, denn die Verkäuferin hatte vorsorglich die komplette Wohnung frisch streichen lassen, auch beim Notar hatte sie auf diesen Mangel nicht hingewiesen. (Sie erinnern sich an das Lächeln meiner Verkäuferin?) Deshalb: Achten Sie auf den Passus »Sachmängelhaftung/Gewährleistung« im Vertrag. Und: Augen auf bei gebrauchten, vor allem bei Dachgeschoßwohnungen mit einem Flachdach! Aber weiter.

Dieses durchlöcherte Hauptdach war verantwortlich für die Schimmelbildung, und diese Exemplare wuchsen besonders munter im Flur, in der Küche und im Schlafzimmer heran. Nachdem ich diesen gesundheitsschädlichen Mitbewohner entdeckt hatte, schickte ich diverse Mails und Beweisfotos an die Verwaltung, die man mir einsilbig beantwortete. Glauben Sie mir, alles andere hätte mich auch gewundert, dennoch kam schnell Bewegung in die Angelegenheit, denn die Nachbarwohnung gehörte – dem Beiratsvorsitzenden. Sie sehen, der Verwalter konnte durchaus aktiv werden, wenn er wollte, oder anders gesagt, wenn es um seinen Vorteil ging, denn das Dach sollte schnellstmöglich saniert werden.

Aus diesem Grund hatte der Verwalter unsere Gemeinschaft, nur wenige Tage vor der Versammlung, schriftlich über zwei Sanierungsvorschläge informiert: Die minimale Lösung sollte, wie bisher, als Flachdach ausgeführt werden und entsprach der Bau- und Energiesparverordnung. Sie belief sich auf knapp neunzigtausend Euro. Meiner Meinung nach hätte dies vollkommen ausgereicht, doch unsere Verwaltung verfolgte Größeres: Er favorisierte ein Flachdach mit Schrägdach und Dämmung von über fünfundvierzig Zentimetern an der dicksten Stelle. Dieses Paket summierte sich auf knapp einhundertachtzigtausend Euro – eine Verdopplung zur ersten Lösung! Dieses pralle Sanierungsprojekt wollte er in der Versammlung durchbringen und sich selbstverständlich dicke Scheiben vom Kuchen abschneiden.

Scheibe 1: Bringe bekannte Handwerkerfirmen in die Gewerke! Sie können gewiß sein, daß so etwas nicht ohne Gefälligkeiten abläuft. Auch Architekten favorisieren hohe Projektkosten und freuen sich über üppige HOAI-Honorare. Zudem: Ist Ihnen aufgefallen, daß neubestellte Hausverwaltungen gerne Wartungsverträge, wie Heizung, Sanitär, Versicherung oder Elektro, kündigen und neue abschließen?

Scheibe 2: Erziele Sonderhonorare! Jede Stunde, die für das Projekt Dachsanierung anfiel, konnte er als Zusatzleistung abrechnen. Je größer das Projekt, desto prächtiger klingelte es in seiner Kasse. Hausverwaltungen lieben Sonderaufgaben, denn hierdurch läßt sich das Basishonorar mühelos verdoppeln.

Doch zurück zur Versammlung. Um seine Ziele und Tagesordnungspunkte durchzusetzen, brauchte er sein »Stimmvieh«. *Ach, siehe da! Der schlaksige Hausmeister hockt dicht neben dem Selbstherrlichen.* Jetzt gehörte er ebenfalls offiziell zur Jüngerschaft. Das war klar: Hausmeister plus vierfacher Eigentümer plus Beiratsmitglied. Er hatte seine Günstlinge um sich geschart.

Der Versammlungsleiter klopfte mit seinem Kuli gegen das Bierglas. »Klong, klong!« In Sekundenschnelle verstummte das Gemurmel. Die Aufmerksamkeit gehörte ihm. Arrogant griente er zu seiner Gefolgschaft.

»Sehr geehrte Eigentümer. Ich darf Sie zu unserer heutigen Versammlung begrüßen«, begann er. »Da unser Architekt aus terminlichen Gründen nur zu Beginn der Veranstaltung teilnehmen kann, stelle ich den Antrag, Tagesordnungspunkt fünf vorzuziehen.«

Herr Schulze und ich blickten uns an. *Was hat er jetzt wieder vor?*

»Wer stimmt dem Antrag zu?« Herr Krause grinste siegessicher. Zügig flogen die Hände der Teilnehmer in die Höhe. *War wohl ein Gehorsamkeitscheck?* surrte es durch meinen Kopf.

»Vielen Dank. Der Antrag ist mehrheitlich angenommen. Somit kommen wir zum Tagesordnungspunkt fünf: Sanierung des Hauptdaches.« Er lächelte. »Dann möchte ich Sie bitten, Herr Müller, der Gemeinschaft noch einmal die Vor- und Nachteile der beiden Sanierungsvarianten zu erläutern.«

»Das mache ich sehr gerne …« – und schon begann der Architekt mit der Präsentation der beiden Alternativen. Nach Beendigung seines Vortrags schweifte der Blick des Verwalters in die Runde »Gibt es Fragen? Nein?«

»Doch. Herr Krause, ich finde, die kleinere Variante ist durchaus ausreichend – und teuer genug.«

»Ach, die Frau Winter. War ja klar.«

»Ich möchte mich Frau Winters Aussage anschließen. Die kleine Lösung reicht.« Der Verwalter zog die Augenbrauen in die Höhe und sah Herrn Sommer scharf an.

»Herr Verwalter! Sie sind nicht nur ein Prozeßtreiber, sondern Sie treiben die Gemeinschaft auch unnötig in hohe Sanierungskosten!« tönte es laut neben mir. Herr Kraus ignorierte die Aussage meines Streitpartners und wartete einen Moment, bevor er die Sitzung fortsetzte.

»Gibt es weitere Meldungen? Nein? Dann kommen wir nun endlich zur Beschlußfassung. Wer stimmt für die minimale Lösung: Sanierung als Flachdach?« Seine Worte flatterten in den Raum. Eine klägliche Anzahl Eigentümer sowie Herr

Schulze und ich hoben die Hand. Die Tante zählte durch und notierte die Meldungen.

»Wer stimmt für die zweite Lösung, Sanierung des Flachdaches mit Schrägdach?« sagte Herr Krause und äugte zum Beiratsvorsitzenden. Dieser riß seinen Arm in die Höhe. Das war das Signal, und unverzüglich flogen die Hände der anderen Gruppenmitglieder in die Luft – und mir nichts, dir nichts hatte man sich mehrheitlich *für* die teure Dachsanierung über hundertachtzigtausend Euro entschieden. *Toll. Sprudelnde Sonderhonorare für Sie! Respekt, Herr Verwalter!* Diese Dachsanierung war reiner Nonsens, denn sie war technisch und finanziell überdimensioniert. Nur eines beruhigte mich: Es wurde keine Sonderumlage fällig, dank des gut gefüllten Rücklagenkontos.

Neben mir hörte ich es lautstark atmen. Unruhig rutschte mein Partner auf seinem Stuhl hin und her. Es war frustrierend. Ohne Mehrheiten waren ich – die Eigentümerin – und Herr Schulze eine Marionette in diesem ausgeklügelten Spiel. Denn allein durch die vier Wohnungen des Hausmeisters konnten zügig Mehrheiten gebildet werden. Wir hatten keine Chance gegen diesen Kostentreiber und seine loyale Gruppe. Sie lenkten das Haus, wie sie wollten. *Ach, schau, der Beiratsvorsitzende und der Veranstaltungsleiter blinzelten sich zufrieden zu!*

Nach dieser Demonstration der Machtverhältnisse verdrehte der Versammlungsleiter verträumt seine Augen und spulte in seiner altbekannten Art und Weise seinen Monolog ab. *Ist der widerwärtig*, dachte ich und beobachtete die Menge. Dort saßen sie mit verklärtem Gesicht, hingen an seinen Lippen und ließen bereitwillig das Geschwätz über sich ergehen.

Dann hörte ich lautes Zungenschnalzen neben mir. Der hitzige Herr Schulze konnte sich nicht länger bremsen und rief:

»Herr Verwalter, nun kommen Sie endlich zum nächsten Tagesordnungspunkt, Ihr Gelaber ist ja nicht auszuhalten ...«

Was dann geschah, schildert folgender Ablauf, den ich als Zeugin für das spätere Gerichtsverfahren angefertigt hatte.

Zeugenaussage

Von: Anna Winter
Am 23.02.2013 fand eine Eigentümerversammlung im Restaurant »Zum Goldenen Hirsch« statt. Herr Krause, der Versammlungsleiter, eröffnete die Veranstaltung um 18.15 Uhr. Nach einer vorgezogenen Beschlußfassung zum Tagesordnungspunkt fünf, »Dachsanierung«, setzte der Leiter die Versammlung fort und monologisierte circa zwanzig Minuten, bis es zu einem Disput zwischen ihm und Herrn Schulze kam.

Im wesentlichen ging es darum, daß Herr Schulze den Verwalter aufforderte, mit dem nächsten TOP der Versammlung fortzufahren. Daraufhin forderte der Leiter Herrn Schulze auf, sich ordentlich mit Handzeichen zu Wort zu melden und nicht einfach dazwischenzureden. Aus diesem Grund führte der Verwalter folgende Regel ein: Jedes Dazwischenreden würde zu einer Abmahnung führen. Dabei würden drei unverzüglich zum Verlassen des Saales und zum Ausschluß aus der Veranstaltung führen.

Herr Schulze vernahm diese Ankündigung und meldete sich ab sofort nur noch per Handzeichen. Der Leiter ignorierte jedoch seine Wortmeldungen und führte seine Rede unbeirrt fort.

Herr Schulze geduldete sich circa fünfzehn Minuten und nahm sich dann das Rederecht. In diesem Moment mahnte der Versammlungsleiter ihn dreimal schnell hintereinander ab, mit der Begründung, er hätte keine Erlaubnis gehabt, zu reden, und forderte ihn auf, den Saal umgehend zu verlassen.

Herr Schulze wollte dieser Aufforderung nicht nachkommen und berief sich darauf, daß die Abmahnungen ungültig seien.

Durch lautstarke Aufforderungen und Provokationen anderer Teilnehmer nötigten diese Herrn Schulze, den Raum zu verlassen. Da er dieser Anweisung nicht nachkam, unterbrach der Leiter die Sitzung und verließ ohne Erklärung den Saal.

Fünf Minuten später kehrte Herr Krause in Begleitung zweier Polizisten zurück. Er ließ Herrn Schulze durch die Ordnungshüter auffordern, die Versammlung zu verlassen, und berief sich auf sein Hausrecht als Verwalter.

Auf Drängen des Leiters und der Gesetzeshüter verließ Herr Schulze den Saal, begleitet vom Beifall der Anwesenden.

Da ich den gesamten Vorfall für eine abgesprochene Taktik hielt, verließ ich unter Protest die Versammlung.

Tja. Daß hier etwas faul war, hatte ich bereits zu Beginn der Versammlung geahnt. Ohne Kalkül würde mich Herr Krause niemals persönlich begrüßen. Niemals! Und erst viel später erfuhr ich – im Rahmen eines Gerichtsverfahrens –, daß ein Verwalter keinerlei Kompetenzen hat, Eigentümer des Versammlungsraumes zu verweisen. Niemals!

13 Die zerstrittene Gemeinschaft

Unser Hausverwalter war ein raffinierter Stratege. Er manipulierte Menschen nach Belieben und machte Eigentümer zu gefügigen Statisten. Selbst Polizeibeamte konnte er für sich gewinnen. Herr Krause hatte seine eigene Vorstellung, was ein Verwalter darf und was nicht, und seine einfache Regel lautete: »Wer nicht für mich ist, ist gegen mich!« Doch wo sollte dies nur enden? Vor allem, wie könnte ich diesem Dilemma entfliehen?

Seit Monaten beschäftigte mich ein Gedanke: Sollte ich meine Wohnung behalten oder verkaufen? Ich seufzte. *Vielleicht war doch nicht alles so schlecht gewesen in der Maisonette!* Doch erst einmal die Fakten auf den Tisch:
- Es handelt sich um eine exklusive Wohnung
- Herr Krause verwaltet die Anlage wie ein »Gutsherr«
- Die Gemeinschaft führt fünfzig Gerichtsverfahren
- Die Eigentümer sind zerstritten in:
    - Krause-Hörige   = »Stimmvieh« (Mehrheit)
    - Halte mich raus   = »Mitläufer« (Minderheit)
    - Kritiker   = »Winter & Schulze«

Diese Zerstrittenheit untereinander und unser Widerstand gegen den Verwalter zeigten sich in den diversen Versammlungsprotokollen. Diese Unterlagen könnten durchaus Wohnungskauf-Interessenten abschrecken, und dies hatte mein Mitstreiter deutlich auf den Punkt gebracht:

Sehr geehrter Herr Krause,
durch Ihr seitenlanges Gewäsch in den Protokollen und Rundschreiben und durch Ihr arrogantes sowie beleidigendes Auftreten werden Eigentümer mit Verkaufsabsichten zukünftig erhebliche Schwierigkeiten haben, einen Käufer für ihre Wohnungen zu finden.
Wenn man sie allerdings, so wie bisher, teuer sanieren läßt, wird es sowieso keine Verkäufe geben, sondern eher eine Reihe von Zwangsversteigerungen! Aber das würde ja in Ihren Kram passen. Wie sagt man so schön: »Runterwirtschaften und dann billig aufkaufen, gell?«
Mit un-freundlichen Grüßen
Ihr Prozeßgewinner
Schulze

So, und nun stellen Sie sich bitte vor, Sie wären der Kaufinteressent – und Ihr Makler würde Ihnen folgende Protokolle übergeben. Wie wäre Ihre Reaktion?

Protokollauszüge:

1. Der Verwalter eröffnete die Versammlung um 17.16 Uhr. Die Beschlußfähigkeit war gegeben. Er teilte mit, daß zu Beginn der Veranstaltung Herr Schulze und Frau Winter den Miteigentümern ein Schreiben übergeben hatten. Dieser Brief enthielt Unwahrheiten und Verleumdungen. Der Leiter dementiert und distanziert sich aufs Schärfste von diesen Vorwürfen: speziell zu den fehlerhaft erstellten Jahresabrechnungen, zu hohen Sonderhonoraren und zur Rolle des Prozeßtreibers!
2. Aus dem momentanen Anlaß stellte der Versammlungsleiter die Frage, ob ein Anwesender beabsichtige, Tonaufzeichnungen von der Versammlung zu machen. Auf Beschlußantrag des Herrn Sommer wurde folgender Antrag mehrheitlich angenommen: Das Aufnehmen der Versammlung mit einem Aufzeichnungsgerät ist strengstens untersagt.
3. Um einen ordnungsgemäßen Ablauf der Veranstaltung sicherzustellen, wurde folgender Antrag mehrheitlich angenommen: Bei Vorträgen des Verwalters sind keine Zwischenrufe ohne Wortmeldung zugelassen. Der Leiter ist befugt, Redezeiten zu begrenzen. Bei Nichtbeachtung und Störungen ist er ermächtigt, Teilnehmer nach dreifacher Abmahnung des Raumes zu verweisen.
4. Der Versammlungsleiter teilte mit, daß Herr Schulze, nachdem er durch Polizeibeamte aus der Versammlung entfernt wurde, sich beim Verband der Immobilienverwalter Hessen beschwert hat. Ein Ergebnis steht noch aus.

Bitte beachten Sie, daß dies ein Ausschnitt aus den seitenlangen Protokollen war, die die Tante als Wortprotokoll verfaßte.

Sie beherrschte Stenographie und schrieb alles in der Reihenfolge auf, wie es gesagt wurde, alles – auch Zwischenrufe, Beifall und jede Wortmeldung der Teilnehmer.

Und – sind Sie mißtrauisch geworden? Würden Sie mein Objekt kaufen? Wenn ja, dann nur verbilligt, oder?

Nach dieser Faktenlage hatte ich mich entschieden. Ich würde nicht verkaufen, schon gar nicht mit Verlust. Deshalb kämpfte ich weiter, Seite an Seite mit meinem Partner – gegen den herrischen Hausverwalter. Und glauben Sie mir: Steigerungen sind möglich.

14 Die Notmaßnahme

Folgen Sie mir in den August 2013. Der Verwalter hatte zu einer außerordentlichen Eigentümerversammlung eingeladen, die wiederum an einem Freitagabend stattfand.

In dieser Zusammenkunft hatten die Eigentümer mehrheitlich beschlossen, eine Notmaßnahme auf der Dachterrasse im siebten Stock durchzuführen. Wie sich herausstellte, sickerte über Jahre hinweg unbemerkt Regenwasser durch die poröse Bitumenbahn der knapp fünfzig Quadratmeter großen Fläche in den Deckenbereich der darunterliegenden Wohnung. Eine Tapetenblase, prall gefüllt mit Schmutzwasser, Mörtel und Schutt, wuchs unentdeckt unter der abgehängten Wohnzimmerdecke heran – bis zu dem Tag, als diese auf den Couchtisch der betagten Mieterin knallte und beinahe zu ihrem Herzstillstand geführt hätte. Selbstverständlich war diese Notmaßnahme erforderlich, um weitere Schäden zu vermeiden.

Um mit den Abdichtungsarbeiten beginnen zu können, benötigte man ein Gerüst, und der Verwalter erhielt die simple Aufgabe, drei Angebote von Anbietern einzuholen. Diese sollte er mit dem Beirat abstimmen und die preiswerteste Firma beauftragen.

Was mich stutzig machte, liebe Leser: Bereits am nächsten Morgen, um sieben Uhr fünfzehn, holperte ein Lkw der Gerüstbaufirma Mutzke mit Gestänge auf der Ladefläche über den Rasen in Richtung Terrasse. Wie war das möglich? Einen Tag nach der Versammlung wurde der Auftrag bereits ausgeführt? Sie ahnen es bereits, oder? Genau. Denn der Inhaber der Gerüstbaufirma Mutzke war Besitzer zweier Wohnungen im Haus und vermietete diese, als Kapitalanleger, an seine Arbeiter. Selbstredend gehörte er ebenfalls zu den treuen Anhängern des Verwalters. Ja, eine Hand wäscht die andere. Mittlerweile wunderte mich in diesem Haus gar nichts mehr, und ich tat es als Bagatelle ab.

An diesem Samstagnachmittag fuhr ich mit öffentlichen Verkehrsmitteln in die Innenstadt zum Shoppen. Wie immer drängten sich Hunderttausende Einkaufswillige über die »Zeil« und ich quälte mich durch das Gewimmel. Nein, diese Menschenmassen waren nichts für mich. Leise murmelte ich vor mich hin: »Ich gehe nie mehr einkaufen. Nie mehr! Vorläufig wenigstens!«

Mit zig Einkaufstaschen bepackt, erreichte ich meine Wohnungstür. Die Tüten erschwerten das Öffnen. Mühsam schob ich mich in den Flur und stellte das Plastikknäuel auf dem Sideboard ab. *Mal sehen, wie weit die Gerüstarbeiten sind*, überlegte ich und ging zum Fenster ins Arbeitszimmer hinüber, öffnete es und lehnte mich hinaus. Die Dachterrasse befand sich nur knapp fünfzig Zentimeter links von mir. Vom Fenstersims aus könnte ich mit einem lang gestreckten Schritt auf die Betonauskragung der Terrasse gelangen und mich über das Geländer schwingen. *Könnte ich ... bin aber nicht lebensmüde,* schmunzelte ich und reckte den Hals. Das Gerüst stand. Ich schloß das Fenster und schlenderte in die Küche. *Die Tüten packe ich später aus*, überlegte ich gähnend und fand ein Stück Salami im Kühlschrank, belegte ein Vollkornbrot und versank kauend am Küchentisch.

In den nächsten Tagen drängte sich, wie durch eine Nebelwand, Hämmern und Klopfen von der Baustelle in meinen Schlaf. Ich verzog mich unter die Bettdecke, bis der Wecker mich hochschreckte. Es gab keinen Grund, irgend etwas in Frage zu stellen.

Am frühen Donnerstagabend beobachtete mich ein fülliger Bauarbeiter, wie ich am Postkasten herumhantierte. Er lehnte lässig an der Hauswand, zog an seiner Zigarette und nippte an seinem Kaffee.

»Na, schmeckt's?« fragte ich unverhohlen und sah ihn von der Seite an.

»Ja. Aber sehr heiß.« Blitzende Augen sahen mich an.

»Wie geht's voran?« Ich verschloß mein Fach.

»Ooch, ganz gut. Es wurde nur zu wenig Trittschalldämmung geliefert.«

»Trittschalldämmung?« Ich stutzte. Mein Rücken war ihm halb zugekehrt, und ich nestelte an der Post in meiner Hand.

»Ja, die brauchen wir, um die neuen Fliesen drauf anzubringen.«

»Oh, und was noch?« hüstelte ich, um meine Neugierde zu verbergen.

»Na, das Balkongeländer«, meinte er redselig und schlürfte an seinem Kaffee.

»Ach! Wer hat das denn beauftragt?« Ich drehte mich zu ihm um.

»Ach, wissen Sie, das weiß ich nicht, da müssen Sie den Polier fragen.« Lächelnd schlurfte er auf den Hauseingang zu.

»Tschüs!« rief ich ihm erstaunt nach.

Trittschalldämmung? ... Fliesen? ... Balkongeländer? Das mußte ich überprüfen.

Bald stand ich in meinem Arbeitszimmer und riß das Fenster auf. Tatsächlich – dies war keine Notmaßnahme! Ich kniff meine Augen zusammen. Ja, jetzt erkannte ich die einzelnen Bauabschnitte! Die Fliesen waren weg, das Geländer ebenfalls. Warum war mir das nicht früher aufgefallen? Hier sollte eine Komplettsanierung vorgenommen werden – gegen den gefaßten Beschluß! Wir hatten eine Notmaßnahme über fünftausend Euro beschlossen, nicht mehr und nicht weniger. Die Fliesen sollten abgetragen und der Boden mit einer neuen Bitumenbahn abgedichtet werden, bis eine umfassende Sanierung beschlossen würde.

Meine Gedanken überschlugen sich. Natürlich! Hier handelte es sich erneut um die Person, den Besitzer der Nachbarbehausung – unseren Beiratsvorsitzenden. Ihm wollte er diese prachtvolle Sanierung ermöglichen. Erst viel später deckte ich auf, daß der Verwalter einen Betrag über sechzigtausend Euro verbauen ließ, für Material und Architektenhonorare – OHNE BESCHLUSS!

Respekt, am Eigentümerbeschluß vorbei. Es ging um unser Geld, mein Geld! Ich rannte zum Schreibtisch und griff nach dem Hörer. Aufgeregt drückte ich die gespeicherte Nummer.

»Grüße Sie, Frau Winter«, tönte es mir entgegen.

»Sie werden es nicht glauben«, antwortete ich, ohne auf Herrn Schulze einzugehen. »Der Krause läßt eine gewaltige Sanierung auf der Terrasse durchführen«, rief ich ihm entgegen.

»Gewaltig. Was meinen Sie?«

»Na, mehr als nur eine Bitumenbahnabdichtung!«

»Sind Sie sicher?«

»Ja! Das müssen Sie sich unbedingt ansehen!«

»Ich bin in Köln und kann erst morgen vorbeikommen.«

»Oh – und ich muß arbeiten.«

»Stimmt, aber ich könnte …«

»Nein, wissen Sie was? Ich nehme morgen kurzfristig einen Tag Urlaub«, unterbrach ich ihn.

»Ist das denn möglich?«

»Klar. Das kriege ich hin. Schließlich geht es um unser Geld!«

»Richtig! Dann bis morgen früh.«

Hektisch klingelte es an der Wohnungstür. Mein Blick huschte auf die Armbanduhr – das muß er sein. Heute würde es wieder ein schreibintensiver Tag werden, denn dies kannte ich zur Genüge. Anschreiben an den Krause, ans Gericht, für den Anwalt und an die Eigentümer. Ich kann Ihnen sagen, so manches Wochenende war da auf der Strecke geblieben. Wehmütig erinnerte ich mich an die lärmende Mietwohnung, doch da stand schon Herr Schulze im Wohnungsflur vor mir.

»Morgen«, begrüßte er mich.

»Morgen. Kommen Sie bitte rein und lassen Sie uns gleich rübergehen«, meinte ich, und schon standen wir gemeinsam am geöffneten Fenster.

»Oh, nicht schlecht«, rief er aufgeregt. Die gesamte Fläche war mit neuem Dämmaterial ausgelegt. Fliesen standen fein säuberlich gestapelt zum Verlegen bereit.

»Wir brauchen Beweise«, sagte er und zückte seine Kamera. Bevor ich reagieren konnte, stand er auf dem Fenstersims – und mit einem langen Schritt auf dem Gerüst.

»Achtung!« meinte ich verblüfft. »... Und passen Sie auf!«

»Ja, ja«, rief er keuchend. Vorsichtig bewegte er sich auf den Gerüstbrettern entlang und schoß ein Foto nach dem anderen. Ich beobachtete ihn und knetete meine Hände.

»Es reicht. Kommen Sie bitte zurück!«

»Gleich ... fertig. Noch ... ein Bild ... geschafft.« Er prustete und kam zurück. Er griff nach meiner ausgestreckten Hand, und schon stand er wieder im Arbeitszimmer.

»Das war sehr unvernünftig, Herr Schulze.«

»Na ja. Vielleicht – aber nun haben wir genug Material, und wir können loslegen!«

»Okay!«

In der Küche fuhr ich den Laptop hoch. Hastig zog Herr Schulze den Rechner zu sich herüber und versank über dem Entwurf zur »Einstweiligen Anordnung« mit der Begründung, daß es sich um keine Notmaßnahme, sondern um eine Luxus-

Terrassensanierung handelte. Wie erwartet, hatte er den Text zügig erstellt.

»Was meinen Sie ... sollen wir das Schriftstück selbst bei Gericht einreichen?«

»Das würde ich nicht tun. Lassen Sie es uns wieder ganz offiziell über Ihren Anwalt einreichen«, sagte er und formulierte bereits ein Anschreiben. Kurz darauf schickten wir Herrn Graff das gesamte Material per E-Mail zu. Um keine Zeit zu verlieren, baten wir ihn, den Baustopp per Eilantrag beim Amtsgericht einzureichen. Bereits eine Stunde später schellte mein Telefon.

»Hallo, Frau Winter. Ich hab's gerade gelesen. Mensch, der Verwalter übertrifft sich ja selbst. Ich kümmere mich sofort darum.« Er machte eine kleine Pause. »Was für ein interessanter Fall!« Lächelnd legte ich auf.

»Wer war das?«

»Herr Graff ... und ... möchten Sie noch einen Kaffee?«

»Immer wieder gerne!«

Am nächsten Morgen stand ich summend unter der Dusche und horchte auf *Es klingelt!* Hastig stellte ich das Wasser ab und eilte mit dem übergeworfenen Morgenmantel zum Sideboard.

»Guten Morgen!« meldete ich mich munter am Telefon.

»Graff. Guten Morgen, und entschuldigen Sie bitte meinen frühen Anruf. Stellen Sie sich vor, der richterliche Baustopp liegt vor. Nach nur einem Tag!« Die Sätze waren kaum zu verstehen, so schnell sprach er.

»Das ist ja klasse!«

»Ja. Darüber war ich auch sehr überrascht!«

»Was machen wir jetzt?«

»Übergeben Sie diese Anordnung dem Vorarbeiter. Er muß die Bauausführung fristlos abbrechen. Die Unterlagen habe ich Ihnen bereits zugeschickt!«

»Und das reicht aus?«

»Ja!«

»Dann drucke ich es gleich aus. Die Handwerker müßten ohnehin bald eintreffen.«

»Das Gericht hat Ihren Verwalter ebenfalls über den Baustopp informiert.«

»Okay, gut zu wissen. Danke, ich melde mich bei Ihnen, Herr Graff.«

»Viel Glück.« Er legte auf.

Ich freute mich riesig über die schnelle Reaktion der Justiz und hastete ins Arbeitszimmer. Kurze Zeit später reckte ich die Anordnung wie eine Trophäe in die Höhe. *Yes!*

Mit einem Kaffee kauerte ich am Fenster und schielte zur Terrasse hinüber. *Ah, da kommen sie.* Gähnend tauchten die ersten Arbeiter auf. Mein Herz sprang vor Jagdeifer. Ich stellte die Tasse ab und zerrte das Fenster auf.

»Guten Morgen. Wer ist hier der Chef?« rief ich ihnen zu.

»Ich. Warum?« Überrascht drehte sich der Längste zu mir um.

»Hier ist ein richterlicher Baustopp.« Wedelnd hielt ich das Blatt in meiner Hand.

»Was ist los, junge Frau?« murrte er herüber.

»Kommen Sie bitte in den Hausflur. Ich zeige Ihnen den Inhalt.«

Er runzelte die Stirn, zögerte einen Moment und folgte dann meiner Aufforderung. Im Flur hielt ich ihm das Papier entgegen.

»Baustopp. Ziehen Sie schleunigst Ihre Arbeiter ab.«

»Was ist das?«

»Eine einstweilige Anordnung. Sie müssen abbrechen, bis das Gericht weiter entscheidet.«

Mein Herz schlug im Sekundentakt. Der Lange griff nach dem Schriftstück, las die Zeilen und kratzte sich an der Stirn. Dann zückte er sein Handy, drehte sich um, nuschelte in den Hörer und lauschte. Dann ging er auf und ab und zog hastig an seiner Zigarette. Zentimeter vor mir kam er zum Stehen.

»Gut, Frau …?«

»Winter«, entgegnete ich mit stockendem Atem.

»Wir verschwinden!« Der Leiter stapfte zur Baustelle hinüber und stieß einen spitzen Pfiff aus »Hey Jungs, alle herkommen.« Schlurfend versammelte sich der fünfköpfige Bautrupp. Ihr Vorarbeiter verschwand hinter ihrer Körpermauer. Kein Wortfetzen wehte zu mir herüber. Plötzlich drehten sich alle gleichzeitig zu mir um – und wie auf ein unsichtbares Zeichen hin bewegten sie sich auf den Aufzug zu. Einer nach dem anderen zog wortlos an mir vorüber. Mein fülliger Arbeiter äugte mich irritiert an und verschwand mit hängenden Schultern im Fahrstuhl. Minuten später waren alle verschwunden, als wären sie nie dagewesen.

Meine Hände entkrampften sich. Ich hatte mit mehr Gegenwind gerechnet. *Das muß ich Herrn Schulze erzählen*, dachte ich und linste auf die Uhr: *Halb acht*.

»Guten Morgen, Frau Winter. Gibt's was Neues?«

»Sie sind weg!«

»Was meinen Sie?« fragte er verdutzt.

»Na, die Handwerker. Stellen Sie sich vor. Das Amtsgericht hat innerhalb kürzester Zeit einen Baustopp verfügt.«

»So schnell? Und?«

»Sie sind weg! Die Arbeiten sind eingestellt.«

»Ach – und wie?«

»Na, ich habe eben dem Verantwortlichen einen Ausdruck der gerichtlichen Anordnung gezeigt, und daraufhin sind sie abgezogen.«

»Einfach so?«

»Ja!«

»Klasse! Ich gratuliere Ihnen!« rief er in den Hörer.

»Danke. Ich bin gespannt, wie ER nun reagiert!«

»Ich auch. Er muß reagieren. So oder so.«

15 Die Vergitterung

Blitzartig hatte sich der Baustopp im Haus herumgesprochen und sorgte für Irritationen. Zwei »Mitläufer« sprachen mich im Innenhof an.

»Sagen Sie, Frau Winter, wir haben gehört, die Notmaßnahme ist unterbrochen. Stimmt das?«

»Ja! Der Verwalter wollte eine Luxussanierung auf der Terrasse durchführen.«

»Wie … Luxus …?«

»Na, eine Komplettsanierung mit Dämmung, neuen Fliesen und einem neuen Geländer.«

»Nein. Das glauben wir nicht. Da müssen wir noch mal bei der Verwaltung nachfragen.« Trübe Augen schauten mich an. Ich winkte ab, ging weiter und ließ sie verdutzt stehen.

Ich wußte, Herr Krause »was not amused« über diesen Baustopp und müßte, um dieses Dilemma zu lösen, eine außerordentliche Versammlung einberufen und sich rechtfertigen – theoretisch! Ich war gespannt und wartete auf seinen nächsten Schachzug.

Seit Abzug des Bautrupps war knapp eine Woche vergangen. Im Büro war es spät geworden, und ich war froh, endlich zu Hause zu sein. Gedankenverloren hängte ich meinen Mantel in den Garderobenschrank, öffnete die Tür zum Arbeitszimmer und drückte den Lichtschalter. Mein Puls schnellte schlagartig in die Höhe. *Was ist das denn!* Langsam bewegte ich mich auf das Fenster zu, drehte am Knauf und öffnete es. Ich hob meine Hand und tastete – es war vergittert! Betonverschmierte Schalbretter waren feinmaschig wie ein Schachbrett an die Hauswand montiert worden. Behutsam rüttelte ich an der Konstruktion, dann fester. Bombenfest. Lediglich Lichtfetzen schimmerten durch. Meine Finger nestelten zwischen dem Spalt. Tatsächlich, als krönender Abschluß befand sich ein Gitter davor! Das mußte tagsüber passiert sein. *Er hatte Handwerker bestellt, um mich einzugittern! Das Gerüst macht es möglich. Der will weiterbauen und uns daran hindern, weitere Fotos zu machen!* Diese Gedanken blitzten in Sekundenbruchteilen auf. *Der will mich mundtot machen,* dachte ich entsetzt.

Kraftlos sackte ich auf den Bürostuhl. Eine Weile saß ich regungslos da, bis Leben in mich zurückfloß. Tief atmend schnappte ich nach dem Telefon.

»Herr Schulze, der Krause hat mich eingegittert.«

»Eingegittert?«

»Ja. Das Fenster, Sie wissen schon, zur Dachterrasse.«

»Nein! Und wie?« Er wirkte schockiert.

»Mit Baumaterial: Holz, Gitter«, antwortete ich ausgelaugt.

»Nein«.«

»Doch!«

»Donnerwetter, der traut sich was. Sind die Fenster in den unteren Etagen ebenfalls vergittert?«

»Ich weiß es nicht. Warten Sie, ich schaue mal nach.« Ich rutschte vom Stuhl, ging ins Wohnzimmer hinüber und öffnete die Schiebetür. Die Skyline erstrahlte im gleißenden Licht. Vorsichtig beugte ich mich über die Balkonbrüstung.

»Herr Schulze?« Ich lauschte und hörte ihn hektisch atmen.

»Nein, die anderen sind unvergittert. Das ist ein Angriff gegen mich!« stammelte ich.

»Oh«, schnaubte er laut.

»Ich werde noch wahnsinnig. Der hört nicht auf. Was soll ich tun?« Mir war zum Heulen zumute. Ich klammerte mich am Balkongeländer fest. Mir war schwindelig.

»Wir müssen uns wehren. Ich setze mich mit Herrn Graff in Verbindung.«

»Ja, tun Sie das. Einen Moment, ich gehe rein, muß ja niemand mitbekommen ...« Ich ging zum Sessel hinüber und ließ mich erschöpft fallen. »So, ich bin wieder da. Es wäre nett, wenn Sie das für mich übernehmen würden. Ehrlich gesagt, ich bin gerade ein wenig angeschlagen.«

»Sicher, mache ich!«

»Ich fotografiere noch die Vergitterung und schicke Ihnen das Bild gleich zu«, flüsterte ich mit einem Rest müden Aufbäumens.

»Gut, tun Sie das.« Er klang nachdenklich und legte auf.

Frühmorgens weckten mich Sonnenstrahlen. Es ging mir besser als ich dachte, und der gestrige Trübsinn war nahezu verflogen. Die Dusche tat ihr übriges, und ich ging zum Schreibtisch hinüber, fuhr den Laptop hoch und checkte die eingegangene Mail:

»Antrag auf Erlaß einer einstweiligen Anordnung gem. § 44 III WEG – Entfernen eines Gitters vor dem Arbeitszimmerfenster zur Dachterrasse«

Am 04.09.2013, gegen 20.00 Uhr, hat die Antragstellerin festgestellt, daß ihr Fenster im Arbeitszimmer vergittert war und die freien Sichtverhältnisse nach außen drastisch beeinträchtigt werden.

Die gleichen Fenster der anderen Etagen sind nicht vergittert. Offensichtlich soll eine bewußte Diskriminierung gegen Frau Winter durch die Verwaltung stattfinden, die sich zur Wahrung IHRER Rechte gegen die Verwaltung zur Wehr setzt. Ein sachlicher Grund für diese bewußte Diskriminierung ist nicht erkennbar. Die Antragstellerin fühlt sich durch die Maßnahmen in ihren Persönlichkeitsrechten verletzt.
Es wird beantragt, die Verwaltung – ohne rechtliches Gehör – zur Entfernung des Gitters vor dem Arbeitszimmerfenster zu verurteilen. Es wird vollstreckbare Ausfertigung beantragt.

Ich drehte mich auf dem Bürostuhl und beugte mich zum Telefon hinüber.

»Hallo, Herr Schulze. Sorry, daß ich so früh dran bin.«

»Guten Morgen. Kein Problem, aber wie geht es Ihnen denn heute?«

»Wesentlich besser!«

»Ehrlich?«

»Jaaha!« meinte ich scherzend.

»Da bin ich aber erleichtert!«

»Ihre Ausarbeitung ist toll. Haben Sie Herrn Graff informiert?«

»Natürlich. Im Laufe des Tages reicht er es gerichtlich ein.«

»Hervorragend.«

»Er wird sich bei Ihnen melden, sobald ein Ergebnis vorliegt. Ich bin sicher, man wird ihn zurückpfeifen.«

»Hoffentlich. Ich melde mich, wenn ich was erfahre.«

»Okay! Bis dann, Frau Winter.«

Bereits am Montag der kommenden Woche erhielt ich den ersehnten Anruf.

»Hallo Frau Winter, mir liegt die einstweilige Anordnung vor«, sagte mein Anwalt begeistert. »Er muß umgehend das vergitterte Fenster zurückbauen.«

»Hervorragend!«

»Ich habe den Eindruck, dem Gericht gefällt die Art und Weise des Herrn Krause nicht – schließlich ist er kein unbeschriebenes Blatt.«

»Ja, das stimmt. Ich danke Ihnen für die guten Neuigkeiten«, antwortete ich und legte erleichtert auf. *Ehrgeizig und kompetent! Ich habe mich nicht in ihm getäuscht.*

Doch was tat mein Gutsherr? Erst einmal nichts. Es dauerte vier Tage, bis der Verschlag verschwand. Das war klar – er läßt sich nichts vorschreiben, ER nicht! Auf eine Entschuldigung oder ähnliches warte ich selbstverständlich noch heute.

16 Der Übergriff

Als ich damals mein Eigentum kaufte, hoffte ich nicht nur auf ein Mitspracherecht, eine Wertsteigerung oder meine Rentenvorsorge, sondern auch auf eine angenehme Gemeinschaft inmitten des anonymen Frankfurts – und dieser Traum war jäh zerplatzt. Das Gegenteil war eingetreten, denn die Parteien im Haus verhielten sich unterschwellig feindselig. Man beäugte sich kritisch, niemand vertraute dem anderen. Ein gesellschaftliches Miteinander war schlichtweg unmöglich.

»Hallo, Herr Fröhlich. Soll ich Ihnen die Tür aufhalten?«
»Nein, danke. Ich muß noch an den Postkasten.«
»Oh, ich kann warten.«
»Nein, lassen Sie das bitte«, nuschelte er.
»Na, dann eben nicht.«

Ich versuchte einen Hauch von Normalität aufrechtzuerhalten, doch daran war niemand interessiert, selbst Hausfeste fanden nicht mehr statt. All dies hatte unser herrischer Verwalter zu verantworten. Er entzweite unsere Gemeinschaft, und mein Partner hatte dies treffend zusammengefaßt:

Sehr geehrter Herr Krause,
mit Ihrem gesamten Verhalten den Eigentümern gegenüber stören Sie nicht nur in böswilliger Absicht den Frieden der Hausgemeinschaft, sondern schädigen auch das Ansehen der Gemeinschaft bei Besuchern, Gästen, Dienstleistern und Mietern. Halten Sie sich endlich an die Regeln einer ordnungsgemäßen Verwaltung!
Mit un-freundlichen Grüßen
Ihr Prozeßgewinner
Schulze

Diesen Frust und meine Enttäuschung wollte ich auf der heutigen Versammlung herauslassen. Ebenso den boshaften Vergitterungsanschlag auf mein Fenster – der letztlich mir, aber auch Herrn Schulze galt. ER wollte uns mundtot machen. Unser Kampfgeist war kaum zu bändigen, und wir waren bestens vorbereitet.

Bereits vor zwei Wochen hatte der Verwalter ein Rundschreiben verschickt, in dem er ankündigte, daß die Versammlung im »Grauen Bock« stattfinden würde, eine Lokalität, die mir bisher unbekannt war. Ich vermutete, der Pächter des »Goldenen Hirsch« fand den Polizeieinsatz und die Streitereien – gelinde gesagt – unpassend und wollte uns nicht mehr in seinem Restaurant beherbergen.

Ich hatte mich verspätet. Niemand war vor dem Eingang des »Grauen Bock« zu sehen. Die Tür knarrte beim Öffnen, und ich ging über eine borstige Fußmatte in den Gastraum hinein. Ein enormes Stimmengewirr schlug mir entgegen. Eine Vielzahl an Tischen stand eng gedrängt im Raum und war bis auf den letzten Stuhl besetzt.

Es war unangenehm hell in der Gaststätte, und in der Luft hing frischer Biergeruch. Zielstrebig ging ich auf einen Kellner mit schwarzer Schürze zu, der mit schweißnassen Haaren am Tresen lehnte.

»Guten Abend. Hier soll eine Versammlung stattfinden.«

»'n Abend. Ja, da hinten. Das ist unser kleiner Raum, der Saal war leider schon ausgebucht.« Er deutete mir mit ausgestrecktem Arm den Weg.

»Okay, vielen Dank«, rief ich gegen die Lärmkulisse an.

Schlängelnd passierte ich das Tischlabyrinth und verschwand in dem hinteren Bereich des Restaurants. Der Flur war schmal, und ich folgte dem Lichtstrahl, bis ich am Eingang des Versammlungsraums stand.

Dieser war winzig! Die altbekannte u-förmige Bestuhlung mit Tischen fehlte. Dafür gab es keinen Platz. Die Stühle standen frei im Raum und bildeten schiefe Reihen. Lediglich der Verwalter, die Tante und seine Tochter hockten hinter einem schmalen Tisch.

Jeder der circa zwanzig Stühle war besetzt, und die Eigentümer kauerten dicht an dicht. *Ah, da ist Herr Schulze.* Er winkte mir zu und deutete auf einen freien Stuhl. Biegsam schob ich mich durch die Reihen und setzte mich neben ihn. Der Tisch war zwei Armlängen entfernt. Meine Güte. Man saß Knie an Knie.

Showtime! Unser Veranstaltungsleiter eröffnete den Abend und begann mit seinem schier nicht enden wollenden Gebaren. Innerlich verdrehte ich die Augen und linste zu meinem Partner. Unermüdlich knetete er die Hände, und seine rechte Schulter vibrierte heftig.

Der »Königliche« setzte den Monolog fort. Mit sabbernden Worten versuchte er, die Gemeinschaft mit seinen Aktivitäten der vergangenen Monate zu beeindrucken. Mit untergeschlagenen Armen lehnte ich mich zurück und wartete auf die unvermeidbare Reaktion meines Partners, doch plötzlich passierte etwas Kurioses: Lautstark drang Musik aus dem Nachbarraum zu uns herüber. Ein Männerchor stimmte ein Lied an. Es waren die Mieter des angrenzenden Saales. Immer, wenn der Verwalter versuchte, seine Rede fortzuführen, würgte ihn der dröhnend singende Männerchor aus dem Nachbarraum ab. Das Ganze hatte eine gewisse Komik: sprechen – singen, sprechen – singen. Dann folgte die Schulze-Explosion: »Herr Krause! Sorgen Sie zügig dafür, daß hier Ruhe einkehrt. Ist ja nicht auszuhalten. Das werden Sie doch hinkriegen, oder?« rief er gereizt gegen das Liedgut an.

»Was sagen Sie? Ich kann Sie kaum hören«, zischte er süffisant zurück und grinste meinen Partner kalt an.

»Herr Schulze«, meldete sich ein »Lemming«. »Halten Sie sich zurück und lassen Sie den Verwalter seine Arbeit machen.«

Scheinbar war dies der Anpfiff zu einem riesigen Durcheinander, denn schlagartig redeten die Eigentümer ohne Wortmeldung einfach drauflos. Man verstand kaum sein eigenes Wort, und alles versank in dem lärmenden Männergesang. Ehe ich mich versah, standen sich Krause und Schulze, wie zwei Kampfhähne, wenige Zentimeter entfernt direkt gegenüber. *Oje, das kann nicht gutgehen!* dachte ich und starrte zu den beiden hinüber. Sie stritten wortstark miteinander. Ihre Arme wirbelten umher, und plötzlich – es war eine zackige Bewegung – schnellte er mit dem Schädel vor und traf seinen Widersacher mit voller Wucht an der Stirn. Tatsächlich, ER hatte meinem Mitstreiter eine »Kopfnuß« verpaßt. Vor Schreck schrie ich auf. Herr Schulze wankte nach hinten, stieß taumelnd gegen einen Stuhl und sank zeitlupenartig auf die Knie. Er befingerte mit den Händen sein Gesicht. »Er hat mir meine Nase gebrochen«, stammelte er.

Dann blökte der Verwalter laut auf und riß seine Hand vors Auge. »Hilfe, er hat mir ins Auge gestochen!« schrie er und ließ sich elegant, fast choreographisch, auf seine Knie gleiten. Beide Kämpfer kauerten einen Meter voreinander auf dem Fußboden.

Im Raum war es mucksmäuschenstill geworden – man hätte eine Stecknadel fallen hören können. Entsetzt blickten die Anwesenden auf die beiden knienden Männer. Mein Herz klopfte wie wild. *Was soll denn noch passieren? Auf was für einem Niveau sind wir gelandet?*

Plötzlich dachte ich an die andere Leidensgemeinschaft, die die körperliche Einsatzbereitschaft des Verwalters bereits kennengelernt hatte. Nach der ersten Schockstarre bewegten sich die beiden Knienden, stützten sich am umherstehenden Mobiliar ab und kamen stöhnend zum Stehen. Herr Schulze wankte beschwörend auf einen »Mitläufer« zu. »Sie haben es gesehen, Sie sind mein Zeuge«, hechelte er mit gebrochener Stimme und starrte ungläubig in die Runde.

Gleichzeitig buhlte Herr Krause um die Gunst seines Gefolges: »Herr Sommer, Sie müssen für mich aussagen. Der Angreifer war der Schulze, nicht wahr?«

Mittlerweile wuchs eine blutunterlaufene Beule an der Stirn meines Partners heran. Der Angreifer verdeckte mit der rechten Hand sein Auge und versteckte hierdurch seine Pseudoverletzung.

Die Eigentümer schlichen, einer nach dem anderen, aus dem Raum und murmelten: »Nein, ich habe nichts gesehen.«… »Es ist alles so schrecklich.« … »Ich will meine Ruhe.« … »Lassen Sie mich nach Hause gehen.« Niemand wollte Zeuge dieses mißlichen Ereignisses sein.

Der Raum war menschenleer. Nur mein verletzter Partner und ich blieben zurück. Er starrte mich aus Riesenpupillen an und erblickte im letzten Augenblick den hinausschleichenden Versammlungsleiter. Mit brüchiger Stimme rief er ihm nach: »Ich verklage Sie, Sie Irrer!« – und wie auf ein Stichwort trällerte es laut aus dem Nachbarraum: »Im Frühtau zu Berge wir geh'n, fallera«.

Die Veranstaltung war beendet.

17 Die Ruhe vor dem Sturm

Am Küchentisch sitzend, grübelte ich über die gestrige Knockout-Versammlung. Dieser Vorfall hatte mich peinlich berührt. Meine Hände umklammerten die Kaffeetasse. *Der Ärmste! Ich muß wissen, wie es ihm geht,* dachte ich und linste zur Uhr: viertel vor acht. Ich wählte seine Nummer.

»Hallo, Frau Winter«, wehte es mir leise entgegen.

»Guten Morgen. Wie geht es Ihnen? Wie haben Sie die Nacht verbracht?« fragte ich mitfühlend.

»Oh, ich kann Ihnen sagen … Ich habe kaum geschlafen und hatte wahnsinnige Kopfschmerzen.« Er hörte sich gefaßter an, als ich vermutet hatte.

»Gehen Sie noch zum Arzt?«

»Nee. Muß ich nicht … Habe Schmerztabletten genommen und Eisbeutel draufgelegt.«

»Sie versprechen mir, wenn es schlimmer wird, gehen Sie hin.«

»Ja, ja. Mache ich«, knurrte er. Dann polterte er los.

»Dieser verdammte Mistkerl. Den zeige ich wegen Körperverletzung an. Das schwöre ich Ihnen.«

»Das sollten Sie auf jeden Fall tun. Wissen Sie, ich bin immer noch geschockt … Das hätte ich dem Krause nie zugetraut … in der Öffentlichkeit so zuzuschlagen!«

»Na, ich auch nicht. Dieser Wahnsinnige!« schrie er erneut auf.

»Ich unterstütze Sie gerne und schreibe einen Zeugenbericht«, antwortete ich ruhig.

»Das ist lieb von Ihnen. Ich schwöre Ihnen, den schnappe ich mir.« Seine Stimme wurde sanfter.

»Wir müssen uns unbedingt treffen und unser weiteres Vorgehen abstimmen. Das kann so nicht weitergehen, Herr Schulze.«

»Stimmt. Haben Sie heute Zeit? Wir könnten uns bei mir treffen.«

»Ja, gerne. Ich wäre gegen achtzehn Uhr dreißig bei Ihnen. Paßt das?«

»Klar. Da bin ich zu Hause.«

»Und ruhen Sie sich noch ein wenig aus.«

»Ja, ja. Mache ich. Bis dann.«

Kurz vor achtzehn Uhr griff ich nach meinem Autoschlüssel und verließ den Arbeitsplatz. Um pünktlich zu sein, mußte ich mich beeilen.

Der Weg ins Nordend war wie immer fürchterlich. Hier einen Parkplatz zu finden, grenzte an einen Lotteriegewinn. *Verflixt. Noch mal ums Carré*, dachte ich verstimmt.

Nach einer verspäteten halben Stunde drückte ich auf das Klingelschild am Eingang des Altbaus. Beim Summton stemmte ich mich gegen die klemmende Haustür und ging auf die Treppe ins Obergeschoß zu. Auf dem Weg dorthin linste ich auf einen Zettel, der am Aushangkasten hing. In feiner Schreibmaschinenschrift stand dort:

Liebe Nachbarn,
am kommenden Samstag werde ich meinen Geburtstag feiern. Sollte es zu laut werden, können Sie gerne auf ein Gläschen vorbeischauen.
Mit freundlichen Grüßen
Ihr Franzose aus dem 2. Stock

Wie nett, der hat Stil und kündigt seine Feier wenigstens an. Ach, da steht noch was. Ich neigte meinen Kopf und versuchte, das Handgekritzelte zu entziffern:

»*Vielen Dank für die Einladung, wir kommen gerne mit 30 Personen vorbei!*«

Hui, in diesem Haus ist aber auch was los. Ich schmunzelte. *Ja, ja, die lieben Nachbarn.* Zügig ging ich auf die alte Holztreppe zu. Sie hatte ausgetretene, viel zu schmale Stufen, deshalb griff ich nach dem Handlauf und stieg vorsichtig die Treppe hinauf in den dritten Stock und läutete. Sekunden später schimmerte seine Silhouette durchs Milchglas der doppelflügeligen Barocktür.

»Hallo, bitte kommen Sie herein.« Er machte eine galante Geste, einzutreten. *Scheint ja gut gelaunt zu sein.* Ich grinste ihn an.

»'n Abend, und sorry für die Verspätung.«

»Das Parken, nicht wahr?« Er schmunzelte. »Bitte, wie immer geradeaus, ins Wohnzimmer.«

»Danke.« Ich betrat die Wohnung des geschiedenen Singles und ging übers knarrende Parkett auf das Sofa zu, setzte mich und beobachtete ihn. Er trug eine Jeanshose und ein blaukariertes Hemd. Auf seiner Stirn klebte ein Heftpflaster. Der dunkelblaue Bluterguß kroch an den Seiten hervor.

»Möchten Sie einen Wein?«

»Ja, gerne.«

Er schlurfte über den langgezogenen schmalen Flur zur Küche und kam mit zwei bis zum Rand gefüllten Gläsern zurück. Stöhnend ließ er sich in den Sessel fallen. »So, erst mal Prost.« Vorsichtig hob er mir nickend sein Weinglas entgegen.

»Prost ... mmh, kalt und süffig.«

»Toll, nicht? Ein Riesling aus dem Rheingau. Ich kann Ihnen die Adresse des Weinguts geben, wenn Sie wollen.«

»Gerne, schmeckt echt gut.« Er kramte in Papierunterlagen, schob mir eine Visitenkarte zu und machte eine Pause. »Und ... was machen wir mit dem Krause?« Er wirkte konzentriert und ruhig.

»Wir sollten alle Fakten noch einmal durchgehen und uns aufs Wesentliche beschränken.« Seine Augen leuchteten auf, und schon versanken wir in eine angeregte Diskussion, bis unsere Punkte feststanden.

»So. Dann lassen Sie uns noch einmal alles zusammenfassen:
Erstens: Nicht provozieren lassen. Weder vom Krause noch vom »Stimmvieh« oder von »Mitläufern«.
Zweitens: Strafanzeige wegen Körperverletzung stellen.
Drittens: Die Eigentümer lückenlos über die Verfehlungen des Verwalters und seine Unverschämtheiten informieren.
Viertens: Den aktuellen Stand der Verfahren beim Gericht Frankfurt abklären lassen und die Eigentümer darüber in Kenntnis setzen.« Ich blicke von den Notizen auf.

»Ja, ich glaube, das könnte funktionieren.« Er schnalzte mit der Zunge.

»Das denke ich auch. Den einen oder anderen Punkt müssen wir noch verfeinern, aber damit setzen wir ihn unter Druck. Bye, bye, Herr Verwalter!« meinte ich ironisch und wedelte leicht mit der Hand, und schielte dabei auf die Armbanduhr. »Oh, es ist schon halb zehn. Ich muß leider los – und danke für den Wein.«

»Immer wieder gerne.«

Am Ausgang verabschiedete ich mich und tätschelte seine Schulter.

»Denken Sie dran: Sollten die Schmerzen zurückkommen, dann gehen Sie bitte zum Arzt.«

Er zwinkerte mir zu. Lächelnd schüttelte ich den Kopf und drückte den Lichtknopf im Flur, griff nach dem Treppengeländer und balancierte nach unten.

18 Die Wiederwahl

Die »Kopfnuß-Veranstaltung« lag ein gutes halbes Jahr zurück. Heute sollte erneut eine Versammlung stattfinden mit dem Themenschwerpunkt »Wiederwahl des Verwalters«. Ja, unser Gutsherr wollte allen Ernstes wiederbestellt werden. Um seine Position zu stärken, hatte er vorab, in seiner bekannten Art und Weise, ein Rundschreiben verschickt:

Liebe Gemeinschaft,
ich möchte Ihnen mitteilen, daß meine Bestellung im Mai 2015 ausläuft und über eine Fortsetzung meines Vertrags in der kommenden Versammlung entschieden werden könnte.
Ich möchte Sie daran erinnern, daß ich die Tätigkeit im Jahr 2010 unter schwierigsten Bedingungen übernommen hatte, wie die Aufarbeitung der Buchhaltung. Zudem ist die Arbeit durch die Beschlußanfechtungen problematisch gewesen. Es wäre für mich freilich der bequemste Weg gewesen, längst zurückgetreten zu sein. Doch die große Mehrheit der Gemeinschaft hat mir in dieser schweren Zeit immer ihr großes Vertrauen entgegengebracht. Daher sehe ich es als eine Verpflichtung an, mich – trotz der derzeitigen Situation – weiterhin für die Gemeinschaft einzusetzen und die Fortsetzung meiner Tätigkeit in den nächsten Jahren anzubieten.
Mit freundlichen Grüßen
Ihr ergebenster Verwalter
Herr Krause

Oh Mann. Ich flippe aus, wenn ich das lese! Und da kam er anstolziert. Die letzte Versammlung hatte ihn keinesfalls aus seiner majestätischen Ruhe gebracht. Im Gegenteil, er schritt mit langgestrecktem Hals samt der Tante und seiner Tochter im Schlepptau in den Versammlungsraum des »Grauen Bock« ein und nahm, wie immer, am Quertisch Platz.

Seltsamerweise spürte ich eine angespannte Atmosphäre, die nahezu greifbar war. Zu meinem Erstaunen waren die Krause-Günstlinge eher zurückhaltend – regelrecht distanziert. Bei einigen bemerkte ich Unmut gegenüber unserem Selbstherrlichen. Normalerweise scharen sich die Anhänger vor Beginn des Treffens um ihren Meister, um ein wenig Ansprache zu bekommen. Heute nicht. Was war hier los? Und dann hatte ich die Erklärung: Beim Geld hörte die Freundschaft auf.

Im Vorfeld der Versammlung hatte er uns nicht nur sein schmieriges Rundschreiben zugesandt, sondern auch die Jahresabrechnung. Die überwiegende Mehrheit hatte Nachzahlungen bis zu viertausend Euro zu leisten! Ich sollte tausendeinhundert Euro nachzahlen. Deswegen war die Stimmung so gereizt.

Für heute hatten Herr Schulze und ich eine Taktik abgesprochen, unseren Gegenspieler aus der Reserve zu locken. Doch ich stupste ihn an und flüsterte: »Lassen Sie uns noch abwarten. Ich glaube, hier passiert gleich was!« Herr Schulze nickte zustimmend, und wir beobachteten den Verwalter.

Der Treuhänder blickte mit trunkenem Gesichtsausdruck in die Eigentümerrunde und begann mit volltönender Stimme: »Sehr geehrte Eigentümer …«

»Stopp!« rief ein »Stimmvieh« und schnitt ihm das Wort ab. Ich war verblüfft, der hatte noch nie etwas in einer Versammlung gesagt.

»Herr Krause. Ich, nein, WIR möchten Sie nicht mehr als Hausverwaltung.« Um seine Aussage zu unterstreichen, stand er vom Stuhl auf und wedelte mit seiner Faust hin und her, einfach so. Der Versammlungsleiter gaffte den Stehenden an.

»Was wollen Sie?« Er runzelte die Stirn.

»Sie sollen sich nicht mehr zur Wahl stellen.« Seine Stimme war deutlich lauter geworden. »Gehen Sie!«

»Liebe Eigentümer. Lassen Sie uns bitte mit der Versammlung fortfahren«, sülzte er unbeeindruckt.

Der Schüchterne blieb hartnäckig. »Verschwinden Sie!« schrie er ihn an. *Huch, das hätte ich ihm gar nicht zugetraut*, dachte ich grinsend. Blitzartig mischten sich andere ein.

»Ja, gehen Sie!« polterte ein anderes »Stimmvieh« aus der hinteren Reihe. Dann stimmten weitere ein. »Hauen Sie ab!« Es lärmte aus allen Richtungen auf den Verwalter ein.

Herrje, was für eine Freude, diesen Tumult zu sehen.

Herr Krause starrte mit aufgerissenem Mund in die Menge. Die Situation drohte außer Kontrolle zu geraten. Aufgeregt sprang er vom Stuhl auf und gestikulierte heftig. Das stolz getragene Haupt steckte zwischen seinen hochgezogenen Schultern. Hilfesuchend wandte er sich den Anwesenden zu. »Was ist denn, Herr Sommer? Was ist denn los?« Die »Lemminge« drehten sich um und ließen ihn an sich abprallen. Keiner wollte mit ihm reden.

Mit einer schnellen Körperbewegung in meine Richtung sah er mich wütend an und rief laut aus: »Hiermit beende ich die Versammlung!« Hektisch beugte er sich zu seiner Tante hinunter und flüsterte ihr etwas ins Ohr. Sie sprang vom Stuhl auf und zog ihre Nichte an der Hand hinter sich her. Herr Krause verließ, nein, er floh förmlich mit seiner Begleitung aus dem Saal.

Vor dem Hinausgehen drehte er sich um und schrie seinem getreuen Hausmeister, Herrn Schneider, zu: »Sie, Hauskönig, Sie sind mir in den Rücken gefallen!« Was da zwischen den beiden vorgefallen war, konnte ich lediglich vermuten. Offensichtlich war das »Stimmvieh« aufgewacht. Der Verwalter war entthront. Unsere Augen blitzten. Hatten wir es geschafft?

Trotz des positiven Ausgangs der Versammlung, sprich dem Rauswurf des Selbstherrlichen, bestand nach wie vor die Gefahr, daß er erneut eine Versammlung einberufen könnte, um seine Wiederwahl zu initiieren. Selbstverständlich würde er zwischenzeitlich seine »Lemminge« besänftigen, ihm auch weiterhin zu folgen. Glücklicherweise kam es nicht mehr dazu.

»Herr Schulze, halten Sie sich fest …«, rief ich aufgeregt ins Telefon. »Er ist weg!«

»Wer?«

»Na, der Krause! Er ist gerichtlich abberufen worden. Ich halte das Urteil gerade in den Händen. Wir haben gewonnen!«

Bereits im Jahr 2014 hatten mein Mitstreiter und ich beim Amtsgericht unsere letzte Karte gezogen und eine »Abberufung wegen nicht ordnungsgemäßer Verwaltung aus wichtigem Grund« verlangt.

Jahrelang hatte der Verwalter mit seinem Pflicht- und Kürprogramm die Richter getäuscht, doch die letzte Phase seiner Ära war erreicht: Das Gericht enthob ihn offiziell seines Amtes.

Dieser Entscheid deckte sich zeitgleich mit dem Rauswurf auf der letzten Versammlung – der Verwalter konnte nie mehr für unser Haus tätig werden. Unser Leidensweg war beendet!

Folgende eklatanten Verfehlungen führten zu seinem Sturz:
- Verstöße gegen ordnungsgemäße Verwaltung:
  - Nichtreaktion auf Eigentümeranfragen, wie Mails oder Anrufe
  - Verweigerung der Annahme von Schriftstücken
  - Verhinderung der Einsicht in die Verwalterunterlagen
  - Unzureichende Information über Sanierungen im Haus

- Fehlerhaft erstellte Jahresabrechnungen und Wirtschaftspläne
- Verzögerte Rückzahlung von Gutschriften
- Inkonsequente Umsetzung der Beschlüsse
- Initiierung von Gerichtsverfahren ohne Beschluß
- Verschleierung der Ausgaben von Gemeinschaftsgeldern
- Strafrechtliche Vergehen:
  - Verstoß gegen das Bundesdatenschutzgesetz (BDSG)
  - Verleumdung
  - Körperverletzung

19 Gewonnen oder verloren?

Was glauben Sie: gewonnen? – Weit gefehlt! Nach fünf Jahren Amtszeit dieses Verwalters war die Gemeinschaft zerstört, das Vertrauen untereinander zerrüttet – und es dürfte Jahre dauern, bis wir wieder friedvoll zusammenleben können, sollten wir es überhaupt jemals schaffen.

Neben dem Keil, den er zwischen uns getrieben hatte, standen die immensen Kosten. Es handelt sich um einen höheren sechsstelligen Betrag, den die Gemeinschaft für die fünfzig Verfahren und die benötigten Gutachten, Gerichtskosten und Rechtsanwälte aufbringen mußte. Hinzu kam der Betrag für die Luxus-Terrassensanierung über sechzigtausend Euro, denn diese hatte er tatsächlich fertiggestellt – trotz des Baustopps. Das ermöglichten ihm sein cleveres Taktieren in den Versammlungen und sein treues Gefolge.

Nach seiner Abberufung bekamen Herr Schulze und ich die Einsicht in die Unterlagen. ENDLICH, nach fünf Jahren! Nun würden wir ihn als Betrüger entlarven. Mein Jagdfieber entfachte erneut.

Akribisch prüften wir die Unterlagen und blätterten in den Aufzeichnungen über all die abgerechneten Telefonanrufe mit den Rekrutierten und den dokumentierten Zeitaufwand für die Gerichtsverfahren. Alles hatte er akkurat in Rechnung gestellt und als Sonderhonorar abgerechnet. Ich war enttäuscht. Lediglich eine Verdoppelung seines jährlichen Verwaltergehalts hatte er durch diese zusätzlichen Schmankerl erzielt. Dafür hatte er so einen Aufwand betrieben? War der selbstherrliche Charakter sein Antrieb? Neugierig blätterte ich weiter und stieß auf einen entscheidenden Punkt:

»Gucken Sie sich das mal an.«

»Was meinen Sie?« fragte mein Partner.

»Na hier, diese Überweisungen. Wo kommen die überhaupt her?« meinte ich perplex. »Ohne Beschluß durfte er das gar nicht!«

Tatsächlich, über Jahre hinweg hatte er eigenmächtig Geldbeträge aus dem Rücklagenkonto auf das Girokonto der Gemeinschaft überwiesen. So sorgte er für eine Kontodeckung, glich die hohen Gerichtskosten aus und verschleierte sein Agieren.

Jedenfalls hätte dies den Beiratsmitgliedern bei der jährlichen Prüfung der Unterlagen auffallen müssen und sie hätten es der Gemeinschaft mitzuteilen gehabt – eigentlich! Und hätten wir die Einsicht zur Prüfung erhalten, wäre uns dies aufgefallen – und das wollte ER selbstverständlich verhindern. Nein, im großen Stil hatte er kein Geld unterschlagen, aber indirekt die Gemeinschaft um einen hohen sechsstelligen Betrag betrogen, denn diese Gelder fehlten der Gemeinschaft auf dem Rücklagenkonto. (Wichtig: Denken Sie immer daran, daß ein Hausverwalter über eine immense Machtstellung verfügt und der Treuhänder Ihres Vermögens ist. Daher muß ein Rücklagenkonto unter der Kontrolle der Liegenschaft bleiben!)

Letztlich wurde ihm diese Eigenmächtigkeit zum Verhängnis. Um das Rücklagenkonto wieder aufzufüllen, forderte er von den Eigentümern nun eine Nachzahlung bis zu viertausend Euro ein, und das war seinen Anhängern zu viel – und die Loyalität dahin.

Wir stellten einen Strafantrag wegen Unterschlagung – und ob Sie es glauben oder nicht: Diesen Antrag wies die Staatsanwalt wegen Bagatellisierung ab, genauso wie meinen Strafantrag wegen Datenmißbrauchs, den ich doch noch gestellt hatte, und ebenso die Anzeige meines Partners wegen Körperverletzung. Ein Hoch auf die Gerechtigkeit! Wenigstens die gerichtlich eingereichte »einstweilige Verfügung auf Unterlassung« hatte ihn womöglich abgeschreckt, weitere verleumderische Schreiben an meine Geschäftsführung oder an meinen Arbeitsplatz zu schicken.

Im Juni 2015 beauftragte die Gemeinschaft eine neue Hausverwaltung. Inständig wünsche ich mir, eine ordentlich arbeitende Verwaltung vorzufinden, und glücklicherweise startete sie nicht mit Einsparungsmaßnahmen wie der Kündigung alter Wartungsverträge! Jedenfalls schaue ich ihnen kritisch auf die Finger, denn ich möchte keine Version 2.0 auflegen müssen.

Ihnen, liebe Leser, drücke ich die Daumen, derartiges nicht erleben zu müssen. Folgende Tipps könnten helfen, das Risiko eines Wohnungskaufs zu minimieren (jedoch ohne Anspruch auf Vollständigkeit):

- Start-Phase:
  - Klären Sie frühzeitig den gewünschten Kreditrahmen mit Ihrer Bank ab
- Standort, Standort, Standort:
  - Wie ist die Infrastruktur?
  - Besuchen Sie das Umfeld des Objektes zu unterschiedlichen Tages- und Wochenzeiten
  - Erkundigen Sie sich bei der Polizeidienststelle nach der Kriminalitätsstatistik im Wohnviertel
  - Informieren Sie sich beim Bauamt über geplante Bauprojekte oder Bergbauschäden in unmittelbarer Nachbarschaft
- Wohnanlage und Objekt:
  - Wie ist die Bewohnerstruktur (Eigentümer zu Mietern)?

- Wie gepflegt ist die Außenanlage: Garagen, Müllcontainer, Innenhof, Rasenflächen, Baumschnitt?
- Welchen Eindruck macht der Eingangs- und Flurbereich?
- Wie ist die Bausubstanz des Hauses: Dach, Fassade, Kellerbereich, Elektrik, Rohrsystem?
- Von welcher Art und wie alt ist die Heizungsanlage?
- Wie ist die Bausubstanz der Wohnung: Zimmerdecke Wände, Fußboden, Fenster, Heizkörper, Elektrik, Balkon?
- Sprechen Sie mit Nachbarn und fragen Sie nach der Wohnqualität
- Im Zweifel beauftragen Sie einen Gutachter, der die Substanz und den Marktwert des Objektes überprüft

- Dokumente und Konten:
  - Achten Sie im Kaufvertrag auf den Absatz »Sachmängelhaftung«
  - Studieren Sie die Teilungserklärung, Gemeinschafts- und Hausordnung
  - Prüfen Sie die Jahresabrechnungen und Wirtschaftspläne. Wie ist die Entwicklung des Hausgeldes?
  - Wieviel Guthaben ist auf dem Giro- und Rücklagenkonto? Gab es Sonderumlagen?

- Versammlungsprotokolle (mindestens die vergangenen drei Jahre):
  - Welche Aussagen gibt es über die Hausverwaltung, Verwaltungsbeiräte, Eigentümer, Gerichtsverfahren?
  - Standen oder stehen Haussanierungen an?
  - Gibt es Informationen über Hausgeldrückstände?
  - Wieviele Jahre sind die Eigentümer im Beirat? Gibt es Doppelfunktionen?

- Fragen Sie Hausbewohner nach ihrem Wohnbefinden, nach Hausfesten, Lautstärke und so weiter
- Darlehen und Notar:
  - Beachten Sie die anstehenden Nebenkosten wie Notar, Makler und Grundkosten bei der Kreditaufnahme. Können Sondertilgungen mit der Bank vereinbart werden?
  - Gestalten Sie einen individuellen Kaufvertrag, mit Haftungsfragen, Übergabezeitpunkt, Sonderabsprachen, zum Beispiel Beseitigung der Küche
  - Lassen Sie notariell den Kaufvertrag und die Beurkundung der Grundschuld und der Hypotheken erfassen
  - Gibt es Sondernutzungsrechte, für die die Gemeinschaft im Schadensfall und für die Instandhaltung zahlen muß?
- Hausverwaltung:
  - Seit wann ist die Hausverwaltung bestellt?
  - Über welche Qualifikation verfügt sie?
  - Wieviele Wohneinheiten betreut sie insgesamt?
  - Setzt die Verwaltung den Tagesordnungspunk »Entlastung des Verwalters« auf die Agenda der Eigentümerversammlung? Ja? Wenn eine Entlastung erfolgt, verzichten Sie auf den Anspruch auf Schadenersatz für erkennbare Fehler und Schäden. In der Regel haben Verwalter keinen gesetzlichen Anspruch auf Entlastung – hier könnte sich die Spreu vom Weizen trennen!
  - Recherchieren Sie nach den Referenzen – und kontaktieren Sie diese gegebenenfalls

Und letztlich: Was sagt Ihr Bauchgefühl?

In diesem Sinne wünsche ich Ihnen viel Glück!
Ihre Anna Winter

Und nun fragen Sie sich immer noch, ob diese Geschichte Fiktion oder Realität ist, nicht wahr? Aber ich muß Sie beunruhigen. Es handelt sich um einen Erlebnisbericht! Lediglich die Orte, Handlungen und Personen sind frei erfunden. Ähnlichkeiten mit lebenden oder verstorbenen Personen wären zufällig und unbeabsichtigt.

Mein besonderer Dank gilt … Du weißt schon!